MIRIAM MOSQUERA

LOS MISTERIOS DEL CAMINO

Ilustraciones de
Raquel Travé

Con la colaboración de la arqueóloga
Myriam Seco

MOLINO

Papel certificado por el Forest Stewardship Council®

Penguin
Random House
Grupo Editorial

Primera edición: mayo de 2025

© 2025, Miriam Mosquera, por *Los misterios del Camino*. Autora representada por IMC, Agencia Literaria, S. L.
© 2025, Myriam Seco Álvarez, por *El cuaderno de viaje de Manuela Jones*
© 2025, Penguin Random House Grupo Editorial, S. A. U.
Travessera de Gràcia, 47-49. 08021 Barcelona
© 2025, Raquel Travé Asensio, por las ilustraciones
Recursos de interior: iStock y Shutterstock
Diseño del interior: Penguin Random House Grupo Editorial / Meritxell Mateu

Penguin Random House Grupo Editorial apoya la protección de la propiedad intelectual. La propiedad intelectual estimula la creatividad, defiende la diversidad en el ámbito de las ideas y el conocimiento, promueve la libre expresión y favorece una cultura viva. Gracias por comprar una edición autorizada de este libro y por respetar las leyes de propiedad intelectual al no reproducir ni distribuir ninguna parte de esta obra por ningún medio sin permiso. Al hacerlo está respaldando a los autores y permitiendo que PRHGE continúe publicando libros para todos los lectores. De conformidad con lo dispuesto en el artículo 67.3 del Real Decreto Ley 24/2021, de 2 de noviembre, PRHGE se reserva expresamente los derechos de reproducción y de uso de esta obra y de todos sus elementos mediante medios de lectura mecánica y otros medios adecuados a tal fin. Diríjase a CEDRO (Centro Español de Derechos Reprográficos, http://www.cedro.org) si necesita reproducir algún fragmento de esta obra.
En caso de necesidad, contacte con: seguridadproductos@penguinrandomhouse.com

Printed in Spain – Impreso en España

ISBN: 978-84-272-4094-0
Depósito legal: B-4.705-2025

Compuesto por Carol Borràs
Impreso en Huertas Industrias Gráficas, S.A.
Fuenlabrada (Madrid)

MO 40940

Para Eli, mi otra mitad

PRÓLOGO

Hace dos días estaba a punto de dormirme en clase mientras el profe explicaba cuáles son las distintas capas de la Tierra y ahora estoy metida en la búsqueda de una espada milenaria junto a mi hermano mellizo y mi mejor amiga. Por si eso fuera poco, un grupo de espíritus malditos nos están persiguiendo, probablemente porque quieren acabar con nosotros.

Sí, has leído bien. He dicho «espíritus malditos».

Siempre he sido muy fan de las películas de terror (aunque no tanto como de las de Indiana Jones, el famoso aventurero que ha sido mi ídolo y ejemplo a seguir desde que era pequeña), pero solo porque las veía en una pantalla. Ahora que me ha tocado ser la protagonista de una, no me hace tanta gracia pasar miedo.

Giro la cabeza y, al ver la ciudad de Santiago de Compostela a mis pies, trago saliva. Estoy a más de veinte metros del suelo y mirar hacia abajo me produce vértigo. No tengo escapatoria. Solo quedan cinco minutos para la medianoche y estoy empapada por culpa de la lluvia. Ya no sé si tiemblo de frío o de miedo, pero poco importa.

Me llamo Manuela Jones, tengo trece años y un tesoro de la antigüedad que proteger. Da igual lo peligrosa que sea la aventura porque, mientras los Jones existan, siempre habrá alguien que defienda el patrimonio histórico.

Así que no, no voy a rendirme. No sin luchar.

Con el corazón latiéndome a toda velocidad, cojo aire y grito:

—¡Ahora!

Y, entonces, los espíritus se abalanzan sobre mí.

En el camino del apóstol soy un peregrino,
ni aliento ni huella dejo en el camino.
No tengo cuerpo ni voz para hablar,
mas, si el sol se oculta, dejo de estar.

1

Cuando la profe de Lengua nos dijo que teníamos que hacer un trabajo por parejas, quería que me tocara Hugo, el chico más guapo de la clase. Hacer un trabajo juntos era la oportunidad perfecta para intercambiar más de dos frases con él (vale, sí, reconozco que me quedo muda cuando lo veo) y también para poder mirarle a esos enormes ojos azules más de diez segundos seguidos sin parecer una rarita.

Sin embargo, como el trabajo se titulaba «Una semana trabajando con mis padres», la profe decidió que era una buena idea que mi hermano y yo lo hiciéramos juntos. Así que el trabajo de mis sueños se había convertido en una pesadilla.

—Eh, champiñón —le dije a mi hermano. Cuando era pequeña solía burlarme de la forma que los gorros de lana le hacían en la cabeza, y el mote había perdurado. Su gusto por los gorros también—. ¿Por qué no estás apuntando nada?

—Porque ya lo estás haciendo tú, caracastor.

A pesar de que J. J. y yo somos mellizos, no nos parecemos en nada. Bueno, físicamente sí, claro. Tenemos el mismo pelo castaño y alborotado, los ojos verdes y pecas en la nariz. Sin embargo, mientras que a mí me gustan el baile, las aventuras y las películas de Indiana Jones, a él solo le importan los videojuegos y las redes sociales.

—**Eres insoportable** —le respondí, apretando el cuaderno que tenía entre las manos. ¿Y si se lo lanzaba a la cara con mucha fuerza?—. **Se supone que tenemos que hacer el trabajo entre los dos.**

Aquella mañana de sábado estábamos en los almacenes del Museo Arqueológico, el museo que dirigen nuestros padres. Es un espacio muy amplio, de techos altísimos y paredes llenas de estanterías, en el que se guardan las piezas históricas que no se muestran en las salas de la exposición permanente. Desde ánforas griegas hasta sarcófagos egipcios, en aquellos almacenes se pueden encontrar todo tipo de tesoros históricos que los Jones nos encargamos de proteger.

—¡Cuidado con la columna de San Paio! —exclamó de repente mi madre, dándome un buen susto—. ¡Es del siglo XII!

Frente a nosotros, diez operarios de una empresa de transporte estaban cogiendo piezas de las estanterías. Cuando el Museo Arqueológico organiza exposiciones temporales fuera de Madrid, **se tiene que realizar una mudanza**. No es que tengamos que trasladar todo el museo a otro sitio, claro, pero sí embalar y meter en cajas las piezas que deban trasladarse a dicha exposición. Y eso era muy interesante para contarlo en el trabajo de Lengua.

Como directores del museo, mis padres son los encargados de velar por que las piezas lleguen sanas y salvas a su destino (que puede ser tan cercano como Sevilla o tan lejano como Río de Janeiro) asegurándose, además, de que en su nueva localización estén lo suficientemente protegidas.

—Charlotte —le dijo mi padre a mi madre—, los transportistas saben perfectamente lo que hacen. Tranquilízate.

—Es que me pongo muy nerviosa cuando tenemos que sacar las piezas del museo —le respondió ella, apartándose el pelo de la cara—. Además, la piedra

caliza es más frágil de lo que parece, se raya con facilidad.

—Es un viaje corto, y en Santiago las cuidarán bien. No tienes por qué preocuparte.

Mi madre apretó los labios y, tras unos segundos de calma, volvió a gritarles a los operarios que tuvieran cuidado. Mi padre suspiró, **sabiendo que había perdido la batalla**, y yo escribí en el cuaderno que mis padres eran personas tranquilas que sabían mantener la calma en momentos de estrés. Total, la profe de Lengua no iba a averiguar nunca que estaba mintiendo.

—Tomad —nos dijo nuestro padre. Nos entregó un folleto a mi hermano y a mí, y J. J. se vio obligado a guardar el teléfono para cogerlo. Eso le hizo arrugar la nariz—. Es el folleto de la exposición. Para que os ayude en vuestra redacción de Historia.

—Es de Lengua —lo corregí yo.

—¿Dónde dices que es la exposición? —le preguntó J. J., sacándose los cascos.

Puse los ojos en blanco porque ni siquiera se había

enterado de dónde era la exposición temporal de la que íbamos a hablar en el trabajo. Iba a matarlo.

—En Santiago —le respondió papá—, Santiago de Compostela. Es una exposición temporal organizada por el Museo Arqueológico y la Fundación de la Catedral de Santiago. Va a durar tres meses.

Observé el folleto con atención y me di cuenta enseguida de que la pieza que aparecía en el centro, la pieza principal de la exposición, era la columna de piedra caliza que acababan de embalar los operarios. Sí, esa por la que mi madre casi había sufrido un ataque de ansiedad.

De aproximadamente un metro de alto, estaba tallada para darle la forma de un hombre descalzo, vestido con una túnica y con un libro entre las manos. Justo debajo estaba el nombre de la exposición: «Los misterios del Camino».

—Es una de las columnas de San Paio de Antealtares —nos explicó mi padre—. **Una joya del románico.**

—¿Y qué tiene de especial? —preguntó J. J. con cara de aburrimiento.

—Para empezar, que tiene inscripciones —le respondió mi padre mientras señalaba las letras talladas en la aureola que había sobre la cabeza del hombre tallado.

Al ver que ni J. J. ni yo dábamos muestras de entender qué tenía eso de especial, cambió el discurso—. Son columnas que pertenecen al monasterio que mandó construir el rey Alfonso II en el siglo IX tras descubrir la tumba de Santiago; allí se conservaron las reliquias del apóstol para rendirle culto. En esa época hubo gente de toda Europa que comenzó a peregrinar hasta Galicia recorriendo cientos de kilómetros a pie solo para ver la tumba del apóstol, así que podemos decir que estas columnas vieron nacer el famoso Camino de Santiago.

Tanto J. J. como yo nos quedamos callados reflexionando sobre las palabras de nuestro padre. Si había algo por lo que se conocía la ciudad de Santiago de Compostela era el Camino, los miles de peregrinos que llegaban cada año hasta la ciudad cargados con una mochila de la que colgaba una vieira (la concha que los identificaba como peregrinos) y con un bordón (los bastones que los ayudaban a andar).

—Sea como sea —continuó—, el Camino de Santiago no solo está plagado de historia, también lo está de magia y leyendas: brujas, meigas, duendes y hasta espíritus... Creo que **no existe ningún lugar con tantos misterios como Galicia**. ¿No os hace ilusión visitar su capital?

Volví a observar el folleto perdiéndome en los fríos rasgos del rostro del hombre tallado en la columna, y de pronto sentí un extraño cosquilleo en el estómago. Lo que más me emocionaba de aquella exposición temporal era que mis padres tendrían que viajar a Santiago para la inauguración y que, puesto que teníamos que hablar sobre eso en nuestro trabajo de Lengua, iban a llevarnos con ellos.

En un par de semanas, cuando las piezas del Museo Arqueológico estuvieran en Santiago, los cuatro viajaríamos durante un par de días a Galicia. La idea era informarnos sobre el proceso de montaje de la exposición temporal, pero todos sabíamos que, cuando estuviéramos allí, eso quedaría en segundo plano.

Tenía muchas más ganas de hacer turismo, recorrer las tiendas del centro histórico y buscar el imán para la nevera más feo que pudiera encontrar, y también quería probar los platos típicos de Santiago hasta que me doliera el estómago. Tenía ganas de sacarme fotos en los monumentos más importantes y de hacer un tour nocturno sobre mitos y leyendas gallegos. Sí, eso tenía que ser muy guay.

—Si os gusta Santiago, incluso podemos hacer el Camino alguna vez —propuso papá.

—¿Los cuatro juntos? —preguntó J. J.—. No se me ocurre un plan peor.

—Los padres de Claudia lo hicieron hace unos años —dije—. A ella la dejaron con sus abuelos porque decían que era muy pequeña para acompañarlos, así que, siempre que habla de Santiago, lo hace con algo de pena. Le habría gustado ir.

Claudia es mi mejor amiga desde la guardería, mi compañera en clase de baile y también en el instituto. No solo es la persona más inteligente que conozco, también es la única a la que puedo confiarle mis secretos. Desde los suspensos que no les cuento a mis padres hasta lo mucho que me gusta Hugo. Claudia lo sabe todo sobre mí.

—Ah, ¿sí? —se sorprendió mi padre—. ¿Y por qué no le dices a Claudia que se venga con nosotros?

—¡No! —exclamó J. J.—. ¡No quiero que venga esa pesada!

—No digas esas cosas, Jaime.

Al escuchar a nuestro padre llamándolo por su nombre real, **J. J. le lanzó una mirada asesina**.

—No me llames así.

—Perdón, J. J. —rectificó—. Pero no digas esas cosas sobre la amiga de tu hermana. Es encantadora.

Hacía unos meses, en nuestro viaje a Granada, J. J. me había contado que llevaba tiempo enamorado de Claudia. Desde que habíamos vuelto a Madrid, sin embargo, había empezado a fingir que aquella conversación nunca había tenido lugar. De pronto volvía a ser desagradable con Claudia y, cada vez que ella le dirigía la palabra, él ponía la misma cara que si estuviera chupando un limón.

Así que había dado la batalla por perdida.

—**Entonces ¿puede venirse Claudia con nosotros?** —pregunté.

—¡Pues claro! Hablaré con sus padres y le sacaremos un billete de tren. Espero que no le importe perderse un par de días de clase.

Di un salto de alegría y J. J. se cruzó de brazos, enfurruñado. Tenía muchas ganas de conocer Santiago, muchas ganas de ver con mis propios ojos la tierra de leyendas de la que tanto hablaba mi padre, pero muchas más de pasar unos días de vacaciones con mi mejor amiga.

Podríamos recorrer juntas la ciudad, comprarnos pulseras a juego, merendar en alguna pastelería en la que tuvieran la típica tarta de almendra con azúcar espolvoreado por encima...

Sí, que Claudia viniera con nosotros era una buenísima noticia. O eso pensaba cuando aún no sabía los peligros a los que nos íbamos a tener que enfrentar.

2

Dos semanas después, los cinco (seis si contábamos a Nefertiti) cogimos el primer tren que salía rumbo a Santiago. Los padres de Claudia no habían tenido problema con que nos acompañara ni a ella le había importado **perderse un par de días de clase** (qué raro, ¿verdad?). Y allí estábamos, sentadas juntas, viendo el amanecer desde uno de los asientos cuádruples del vagón.

Frente a mí estaba el transportín de Nefertiti, a la que no le gustaba perderse ningún viaje. Nuestra gata no soportaba quedarse sola en casa, así que hacía todo lo posible para que la lleváramos con nosotros. No es que tuviera ansiedad por separación ni nada de eso, lo que le pasaba es que no podía aguantar un solo día sin que la mimáramos y consintiéramos. La única vez que la habíamos dejado sola fue cuando estuvimos de vacaciones en Tenerife, hacía ya tres años, y al volver a casa había estado tres semanas ignorándonos. Ninguno de nosotros quería volver a pasar por eso.

En el asiento que estaba frente a Claudia iba sentado J. J. Desde el momento en el que habíamos subido al tren, había estado con el teléfono en la mano grabando el cielo a través de la ventanilla. Después de lo que había pasado en Granada, sus seguidores habían aumentado con rapidez y había alcanzado unas cifras que, aunque a él no le gustara reconocerlo, lo convertían en una especie de *influencer*. Por eso ya no se limitaba a hablar de videojuegos, sino que subía vídeos hablando de su día a día, comentando las películas que le gustaban, haciendo todos y cada uno de los *trends* de moda.

Y yo no era capaz de comprender por qué tanta gente quería verle la cara a mi hermano.

—¿Quieres uno? —me preguntó Claudia mientras me ofrecía uno de sus auriculares inalámbricos.

Mi mejor amiga, que se había vestido con un jersey rosa y unos vaqueros con flores, tiene el pelo rubio y los ojos azules. Ese día se había hecho una trenza que le caía sobre el hombro izquierdo y llevaba la mochila sobre las piernas. De la cremallera de la mochila colgaba

un osito de peluche al que, a pesar de tenerlo desde hacía años, se negaba a ponerle nombre.

—¿Es KIM? —le pregunté como si no supiera ya la respuesta.

Ella asintió y yo me puse el auricular en la oreja. KIM es nuestro grupo de k-pop favorito. Las dos estamos enamoradas de Du Min Kyu, uno de sus cantantes (que es incluso más guapo que Hugo, imaginaos el nivel), y hasta tenemos una foto suya de fondo de pantalla. Por suerte era él, y no mi hermano, quien salía a todas horas en mis redes sociales.

—Mira —me dijo Claudia. Sobre la mesa que compartíamos con J. J. y Nefertiti, mi amiga había dejado una antigua guía de viajes llena de anotaciones y pósits. Cuando la cogió y la abrió por la mitad, yo me acerqué un poco más a ella para verla mejor—. Me la ha dado mi padre. He señalado todos los sitios que cree que me gustaría visitar. ¿Crees que nos dará tiempo?

Abrí la boca para responder, pero, justo en ese momento, un hombre enmascarado apareció a nuestro lado y gritó:

—**Mouchos, coruxas, sapos e bruxas!**

A Claudia y a mí casi nos dio un infarto. Llevaba una máscara que era una especie de cara de bruja con la nariz llena de verrugas. Era una careta de plástico tras la que se podían ver los ojos de mi padre. Cuando se la quitó, soltó una carcajada. Por suerte, el vagón estaba prácticamente vacío y nadie más había tenido que sufrir ese bochornoso espectáculo.

—Quítate eso —le pidió J. J.

—Qué vergüenza, papá —añadí yo.

—**¿Os he asustado?**

—Un poco —respondió Claudia.

—Pues preparaos, porque en Galicia hay brujas y meigas en cada esquina. Ya sabéis lo que dicen: «Eu non creo nas meigas, mais habelas hainas».

—Las meigas son buenas —dijo mi madre, dándose la vuelta en su asiento—. No les metas miedo, Eloi.

—Bueno, no todas lo son —apuntó mi padre—. De todas formas, no es la peor de las criaturas que os podéis encontrar en Galicia. ¿Habéis oído hablar de la Santa Compaña?

Claudia y yo negamos con la cabeza y J. J. arrugó la nariz.

—La Santa Compaña es un grupo de almas en pena que recorre los caminos de Galicia cuando cae la noche —nos explicó mi padre con un tono lúgubre—. Suelen ser doce, siempre van encapuchadas y cada una lleva una vela en la mano. Se dice que, cuando aparecen, es porque alguien va a morir.

—Los espectros van liderados por un mortal que lleva una cruz —añadió mi madre—, un mortal que al día siguiente no recuerda que se ha pasado la noche vagando con los espíritus. Cuando él muere, lo convierten en espectro y buscan a otro mortal para que los lidere.

—¿Y cómo lo hacen? —preguntó Claudia—. Lo de... lo de convertirte en espectro.

—Tocándote —respondió mi padre—. Un solo roce de cualquiera de los espíritus de la Santa Compaña hace que pierdas un poco tu mortalidad. Si te tocan varias veces...

Mi hermano bufó y, poniendo los ojos en blanco, dijo con contundencia:

—**Ya somos mayores para esos cuentos.**

—¿Cuentos? —le respondió mi padre—. La Santa Compaña es muy real, hijo mío. Hay muchísimos testigos que la han visto a lo largo de los siglos. El olor a cera, la brisa que levantan a su paso, el tintineo de una campanilla... Yo solo digo que tengáis cuidado.

Aunque prefería que el mundo de los vivos y el mundo de los muertos permanecieran separados, las historias de criaturas sobrenaturales siempre me han llamado la atención.

¿Hombres lobo?

¿Vampiros?

¿Brujas?

Me encantan. Halloween siempre ha sido mi fiesta favorita. Claudia, sin embargo, parecía incómoda. No le gustan las películas de terror, ni siquiera las que solo tienen un par de sustos y a mí me hacen reír a carcajadas.

—En caso de que esos espíritus existan de verdad, supongo que se dedicarán a atormentar a los peregrinos del Camino, ¿no? —pregunté—. No creo que se paseen por la ciudad como si nada.

—¿Eso crees? —soltó mi padre. Se sacó el móvil del bolsillo y, tras hacer una búsqueda rápida, nos mostró la pantalla—. ¿Sabéis qué es esto?

En el teléfono de mi padre aparecía una cruz roja sobre fondo blanco, una cruz que había visto antes tanto en los libros de historia como en las páginas web sobre Santiago que había estado leyendo en los últimos días. Aunque no sabía cuál era su origen, esa cruz era el símbolo de la ciudad, un símbolo que aparecía en las estatuas, en los textos antiguos y hasta en las famosas tartas de almendra de Galicia.

—**La cruz de Santiago** —respondió Claudia—. Tiene algo que ver con los caballeros templarios, ¿no?

—No exactamente —le dijo él—. Su origen es mucho más antiguo. A esta cruz se la llama «cruz de Santiago» porque tiene forma de espada... La espada del apóstol Santiago, para ser más exactos.

Observé la cruz con atención y me di cuenta enseguida de que mi padre tenía razón: parecía una espada. El brazo inferior era afilado, como si fuera la hoja, y los tres superiores simulaban la empuñadura.

—Hay leyendas que dicen que los espíritus de la Santa Compaña protegen la espada de Santiago —nos explicó.

—¡¿Qué?! —preguntamos Claudia y yo a la vez.

—Los textos históricos nos hablan de la espada del apóstol Santiago, algunos incluso cuentan que era una especie de espada mágica, pero nadie sabe dónde se encuentra.

De pronto, quizá porque no podía resistirme a resolver un misterio o bien quizá porque era una aventura digna del mismísimo Indiana Jones, me imaginé buscando esa espada por toda la ciudad de Santiago, encontrándola y llevándola al museo para que nadie que no la mereciera pudiera tenerla jamás.

¿Os imagináis que esa espada fuera mágica de verdad y la consiguiera alguien que quisiera hacer el mal? No, no podía permitirlo.

Nunca había cogido una espada y no tenía ni idea de cuánto podría pesar, pero incluso pensé en empuñarla contra todos aquellos que quisieran robarla para usarla en su propio beneficio. «Mientras los Jones existan», les diría, «siempre habrá alguien que defienda el patrimonio histórico».

—Pues yo no creo en esas tonterías —soltó J. J.—. Ni en los espíritus ni en las espadas míticas ni en nada de eso.

Mi hermano volvió a sacar el teléfono y, al instante, sus ojos se perdieron en la pantalla. Yo lo observé durante unos segundos, preguntándome por qué se estaba comportando así. Casi parecía que quería aparentar ser más duro de lo que era, más frío y distante. ¿Sería porque estaba Claudia con nosotros?

—Oye, champiñón —le dije—. ¿Por qué te estás haciendo el valiente? ¿No será que tienes miedo? Hasta hace poco, te ponías a llorar cada vez que veías un payaso.

—No es verdad —se defendió él—. No te inventes cosas, caracastor.

—Ah, ¿no? ¿Y qué hay de Pipo? —Me giré para mirar a Claudia—. Pipo era un **payaso de peluche** que teníamos cuando éramos pequeños. Mis padres tuvieron que tirarlo porque J. J. tenía pesadillas con él.

—¡Manuela!

Al ver que las mejillas de J. J. enrojecían, sonreí. Aún nos quedaba un buen rato de viaje y lo mejor que podía hacer para no pensar en la espada de Santiago era meterme con mi hermano. Si no podía vivir aventuras, al menos me quedaba eso.

3

En cuanto llegamos a Santiago y dejamos las maletas en el hotel, mis padres tuvieron que ir al Museo de la Catedral para comprobar que todas las piezas que habían enviado desde Madrid estaban donde tenían que estar. La exposición se inauguraba al día siguiente, así que, además de pasar el día trabajando, por la noche asistirían a una elegante (y aburrida) fiesta en la que lo único que harían sería hablar y brindar. Nosotros, mientras tanto, haríamos turismo y cenaríamos pizza. No me daban ninguna envidia.

—**¿Todo bien, faraona?** —le pregunté a Nefertiti.

Siempre que llegábamos a un hotel, la gata recorría la habitación para dar su veredicto. Se subía a la cama para ver si era cómoda, se rascaba la espalda contra los sofás, miraba por la ventana para aprobar (o suspender) las vistas… Si le gustaba, tanto ella como nosotros respirábamos tranquilos; si no le gustaba, se pasaba el viaje lanzándonos miradas asesinas e intentando arañarnos.

Por suerte, el hotel de Santiago pareció gustarle. El Hostal dos Reis Católicos era un antiguo edificio del siglo XVI situado en la plaza del Obradoiro, justo al lado de la catedral. Sus habitaciones eran amplias, lujosas, con techos en forma de bóveda y muebles de inspiración medieval. Si Nefertiti no se conformaba con eso, estábamos perdidos.

—Me hace mucha ilusión que vayamos a compartir habitación —me dijo Claudia.

Dejó la maleta junto a la ventana y después, con la guía de Santiago en la mano, se sentó sobre una de las camas. Nefertiti no tardó en subírsele a las piernas para que le acariciara la espalda.

—A mí también —le respondí, sentándome en la otra cama. Al contrario que Claudia, yo no tenía maleta. Lo único que llevaba era mi mochila de viaje y el antiguo sombrero de mi padre—. Además, este hotel fue antes un hospital. No me habría gustado dormir sola.

—Y menos después de las historias que nos han contado tus padres en el tren. **Voy a tener pesadillas durante un mes.**

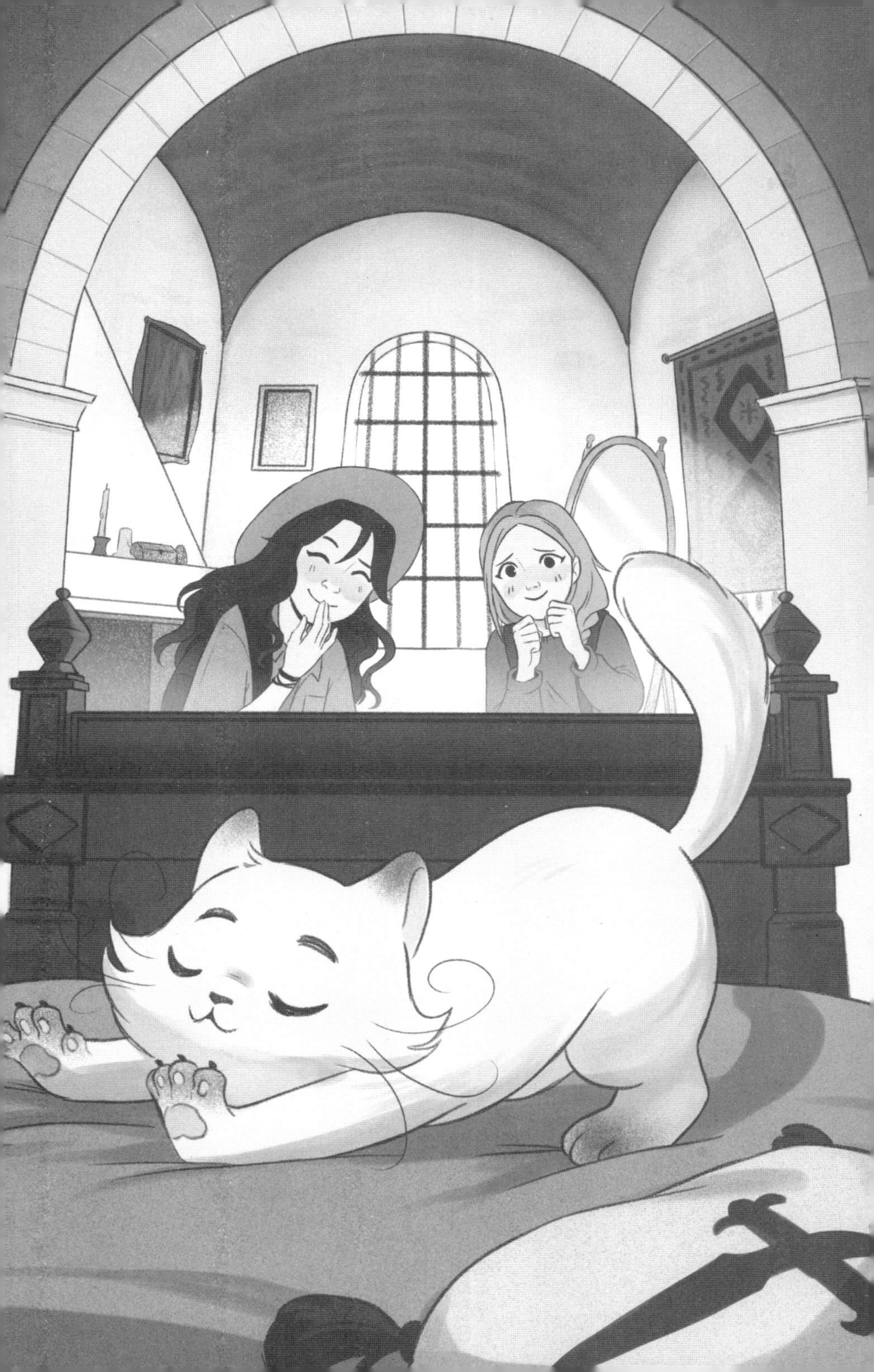

Volví a pensar en la espada y en los espíritus de la Santa Compaña y me pregunté dónde la tendrían escondida. Si de verdad existía, ¿estaría en la ciudad?

—¿Qué tal con Laura? —le pregunté a Claudia.

Mientras que a mí me habían condenado a hacer el trabajo de Lengua con mi hermano mellizo, a Claudia le había tocado Laura. Además de simpática, Laura es nuestra compañera en clase de baile. No solo es mucho más agradable que mi hermano, sino que, además, sus padres tienen el mejor trabajo del mundo: son veterinarios.

—Muy bien —me respondió, esbozando una sonrisa—. La semana que viene vamos a la clínica de sus padres. Su madre nos ha dicho que nos va a llevar a un centro de hípica para hacer una revisión a los caballos. ¡Quizá hasta podamos dar un paseo en uno!

Así que, mientras Claudia montase a caballo, yo tendría que cargar con mi hermano. Genial. **¿Por qué la vida era tan injusta?**

—Jo, ¡qué guay! ¿Vas a hablar también del trabajo de tus padres?

La madre de Claudia es enfermera; su padre, piloto. Hacía dos años, nos había dejado montarnos en un avión y nos había llevado a pasar el fin de semana a

Disneyland. ¡Incluso nos había dejado entrar en la cabina a ver los mandos! **Ese sí que era un trabajo guay.**

No es que el de mis padres no lo fuera, claro, pero ya no eran arqueólogos. Antes de que J. J. y yo naciéramos, los Jones habían vivido cientos de aventuras, habían atravesado selvas llenas de peligros para buscar ciudades perdidas y se habían enfrentado a maldiciones milenarias en Egipto. Su trabajo seguía siendo importante, pero organizar exposiciones temporales no era tan chulo.

—¡Por supuesto! —exclamó Claudia—. Mi padre dice que, si queremos, puede llevarnos a Atenas. Sería ir y volver en el mismo día, pero nos daría tiempo a escribir una redacción muy interesante. Espero que los padres de Laura la dejen venir, porque nunca he estado en Grecia.

Estaba a punto de decir en voz alta que ojalá me hubieran puesto con ella de pareja cuando alguien llamó a la puerta.

—¡Eh, caracastor! —exclamó J. J. desde el pasillo—. ¡Abre!

Chasqueé la lengua y, a regañadientes, me levanté de la cama y abrí la puerta.

—¿Qué quieres, champiñón?

—¿A dónde vamos?

Parpadeé un par de veces, sorprendida por lo que acababa de escuchar. Si no fuera porque J. J. llevaba puesto el abrigo y uno de esos horribles gorros de lana que tanto le gustaban, habría tenido que pedirle que me repitiera la pregunta. ¿Desde cuándo J. J. quería hacer cosas conmigo?

—Pensaba que querías pasarte los dos días encerrado en la habitación con el móvil —le dije.

—Ya, bueno, por si no te acuerdas, tenemos un trabajo que hacer. Habrá que ir a ver la exposición, ¿no?

Aquello no podía estar pasando.

¿Quién era esa persona que me estaba mirando y qué había hecho con mi hermano?

¿Se estaba riendo de mi?

—¿Ahora quieres hacer el trabajo?

J. J. apretó los labios sin dejar de mirarme, y entonces lo comprendí.

Claudia.

Era con Claudia con quien mi hermano quería pasar tiempo, no conmigo. El trabajo de Lengua no era más que una excusa.

—Además, ¿quién te ha dicho que puedes venir con nosotras? —le pregunté.

—Créeme, a mí tampoco me hace especial ilusión, pero papá y mamá nos han pedido que no nos separemos.

Estaba segura de que no habían dicho eso. Mis padres siempre daban por hecho que J. J. solo saldría del hotel si lo obligaba la policía.

—¡A mí no me importa que vengas con nosotras! —gritó Claudia desde la cama—. Seguro que nos lo pasamos muy bien los tres juntos.

Las mejillas de J. J. enrojecieron tanto que temí que empezasen a arder. Cuando bajó la mirada, avergonzado, supe que aquel viaje iba a ser el más divertido de mi vida.

—Bueno, entonces ¿a dónde vamos? —repitió mi hermano aún con la cabeza gacha.

Me giré para mirar a Claudia y ella sonrió. Dejó de acariciar a Nefertiti (lo que provocó un maullido lastimero por parte de la gata) y cogió la guía de viajes que había dejado sobre la cama.

—Tengo varios sitios apuntados —nos dijo, emocionada—. Además de la catedral están el parque de la Alameda, el monasterio de San Martín Pinario, la iglesia de San Fructuoso... Ah, y hay una cafetería en la que hacen unos batidos de colores monísimos que van a quedar genial en las fotos de Instagram.

—¿La iglesia de San Fructuoso? —le preguntó J. J.—. ¿Qué es eso?

—Quiero ver la fachada. Al parecer tiene cuatro estatuas que representan a las cuatro sotas de la baraja: oros, bastos, espadas y copas. **¿No lo encontráis rarísimo?**

J. J. frunció el ceño, pero al menos no hizo preguntas. Con Claudia era mejor no hacerlas.

—Bien, pues vamos a buscar esa iglesia —dije yo—. J. J., abre Google Maps, anda. Papá y mama han dicho que volvamos antes de que se haga de noche, así que tenemos un par de horas para ver la ciudad.

Y, aunque no lo dije en voz alta, también para obtener información sobre la espada de Santiago.

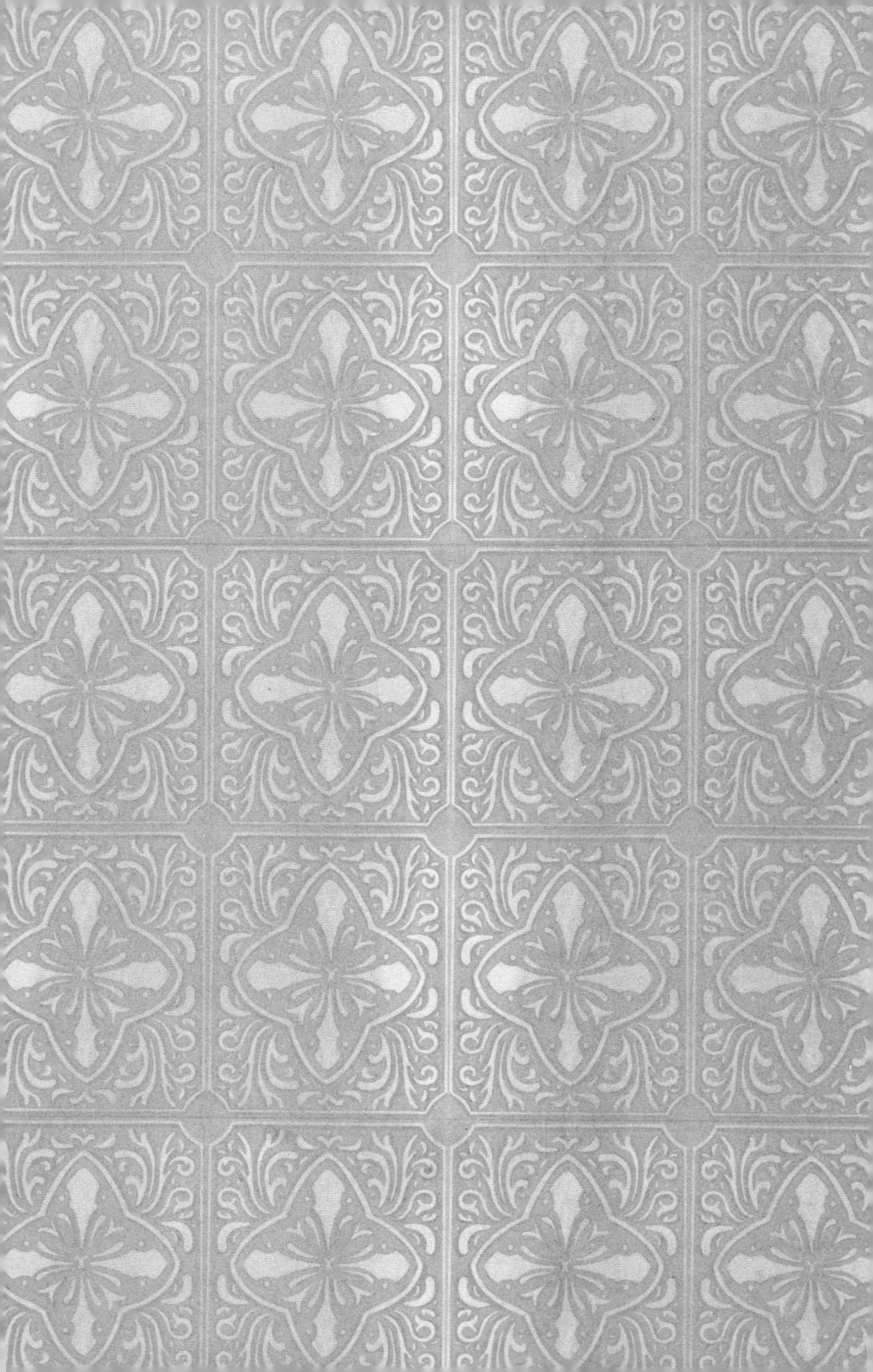

4

El cielo en Santiago estaba gris, un gris oscuro que vaticinaba tormenta. Al parecer, la lluvia era parte del día a día de los gallegos, un habitante más de la ciudad. Los peregrinos del Camino también lo eran. Fueras donde fueras, siempre encontrabas grupos de personas, cargadas con enormes mochilas, que habían caminado durante días para llegar hasta allí. Era maravilloso.

Las calles del centro histórico de Santiago aún conservaban ese aire medieval, esa estructura antigua que no se encuentra en las ciudades modernas. Sin embargo, eran los peregrinos los que hacían que te transportaras a una época distinta. Aunque llevaran ropa de deporte y un teléfono en el bolsillo, el esfuerzo que habían hecho para llegar hasta Santiago era el mismo que habían hecho los peregrinos del siglo XII. Así, la ciudad se convertía en una conexión entre el pasado y el presente, un lugar en el que el tiempo no avanzaba de la misma forma.

Y eso me tenía hechizada.

Nunca había visitado una ciudad con tanta magia como Santiago. Nunca había tenido la sensación de que, de alguna forma, las piedras y los muros me hablaban, susurraban a mi paso. ¿O eran los espíritus de la Santa Compaña? Quizá sabían que, aunque fuera un sueño imposible, no paraba de pensar en la espada de Santiago. Quizá sabían que quería conseguirla.

—¿Puedes dejar de grabar tiktoks aunque sea solo durante un segundo? —le pregunté a J. J.

Mientras Claudia y yo estábamos sentadas en el suelo comiéndonos un cucurucho lleno de patatas fritas, J. J. estaba de pie grabándolo todo con el teléfono. En las dos horas que llevábamos recorriendo la ciudad, no lo había soltado ni una sola vez. Había grabado el parque de la Alameda, la entrada al monasterio de San Martín Pinario, las calles del casco histórico y, ahora, la plaza del Obradoiro. La imponente fachada de la catedral se alzaba frente a nosotros como si estuviera vigilándonos, contándonos cientos de historias silenciosas. Su tamaño era sobrecogedor.

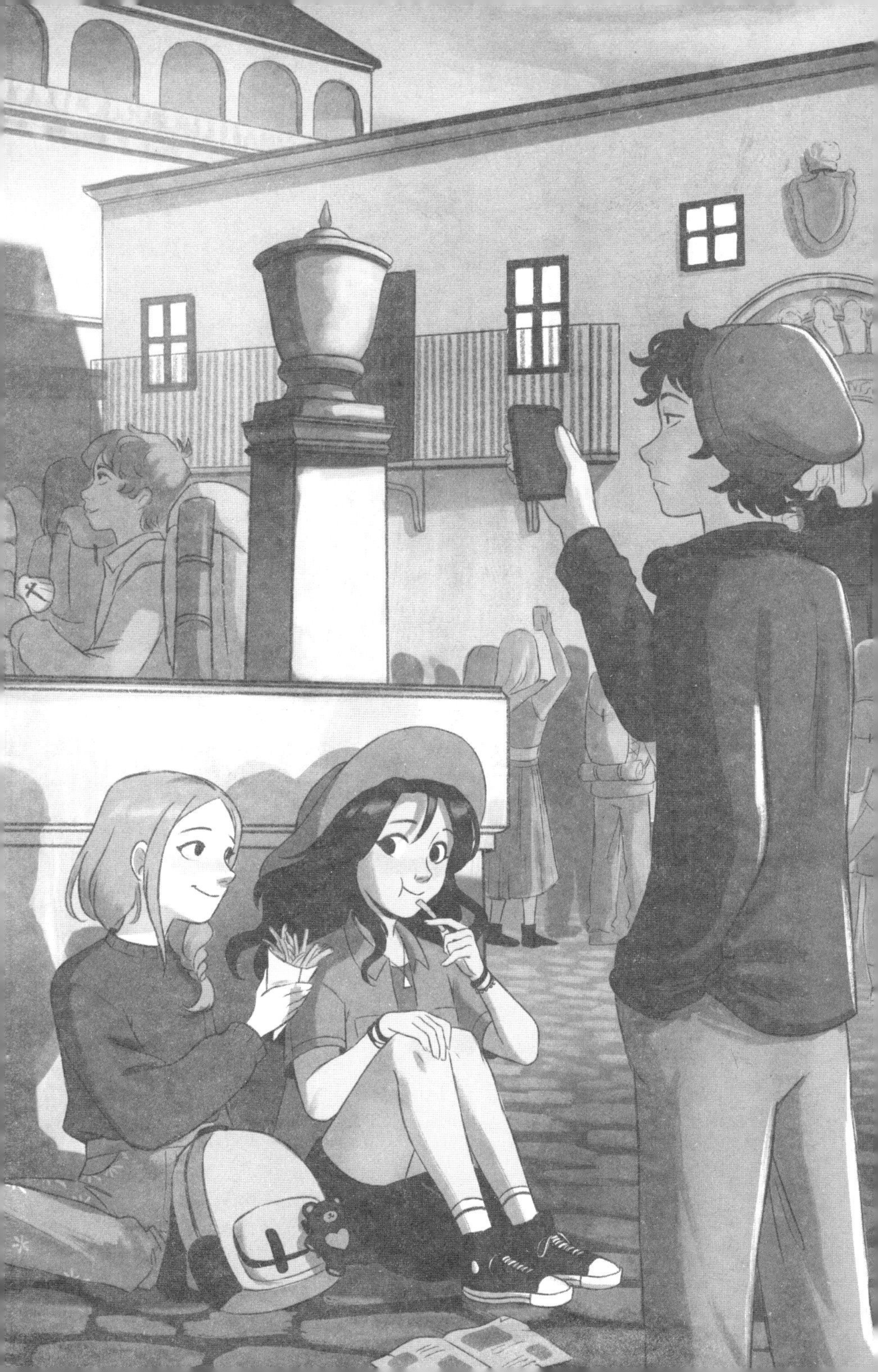

—¿Sabéis que tardaron más de doscientos años en construir la catedral? —nos contó Claudia mientras hojeaba la guía de su padre—. De hecho, «obradoiro» significa «taller» en castellano. La plaza estuvo tantos años llena de materiales de obra y de trabajadores que al final se quedó con ese nombre.

A nuestro alrededor había muchísima gente. Los turistas se confundían con los peregrinos que se hacían fotos frente a la catedral y con los estudiantes de la universidad que quedaban para tomar un refresco tras un largo día de clases. Sus voces y risas se mezclaban con el sonido de la gaita que estaba tocando un músico callejero no muy lejos de allí.

—¿Crees que ellos sabrían dónde está escondida la espada del apóstol? —le pregunté a Claudia—. La gente que trabajó en la construcción de la catedral a lo mejor la escondió en algún sitio.

Mi amiga se encogió de hombros y, sin dejar de leer la guía, me ofreció el cucurucho de patatas. Yo cogí un buen puñado. ¿Por qué daba tanta hambre hacer turismo? ¿Y por qué estaban tan ricas las patatas fritas?

—¿Cuándo le vas a poner nombre? —le pregunté a Claudia mientras señalaba con la cabeza el osito de peluche que llevaba en la mochila.

—Cuando encuentre uno que me guste —me respondió—. Ninguno termina de convencerme.

—Lo tienes desde hace años. No puede seguir sin nombre.

La conversación sobre el osito de su mochila era algo recurrente entre nosotras. Yo siempre insistía para que le pusiera un nombre; ella se defendía diciendo que no, que ninguno era lo suficientemente bueno para él. Y así llevábamos años.

—Quizá esté condenado a vivir sin nombre.

—¿Y si le llamamos Zarpitas? ¿O Mimosete? ¿O Traposaurio?

—¡No! ¡Qué horror!

Puse los ojos en blanco y, tras coger un par de patatas más, observé el edificio que estaba a la izquierda de la catedral. En la fachada había un enorme cartel que anunciaba la exposición temporal que habían organizado mis padres: «Los misterios del Camino». Además del nombre y la duración de la exposición, en el cartel aparecía la columna de San Paio de Antealtares, esa columna que tanto J. J. como yo habíamos visto salir del Museo Arqueológico. El hombre tallado en la piedra caliza, que parecía mucho más grande de lo que era en realidad, nos miraba fijamente desde la distancia.

—Ese edificio es el Pazo de Xelmírez —me explicó Claudia como si supiera lo que estaba pensando—. Ahí está la exposición de vuestros padres, ¿no?

Asentí, con la vista aún clavada en el cartel, y me concentré en masticar las patatas. Ya había redactado cómo mis padres habían organizado la exposición temporal, cómo habían supervisado el transporte de las piezas hasta Galicia y cómo habíamos viajado hasta allí. Lo único que me quedaba para terminar el trabajo de Lengua era entrar en el museo y hablar un poco sobre la exposición. Después tendría que pasarlo a limpio y ya. En mi trabajo no habría ni caballos ni viajes a Atenas, no habría nada que oliera a diversión. ¿Qué más podía contar? ¿Que mi padre se había puesto la máscara de una meiga en el tren y nos había dado un susto?

—**¿Estás haciendo un vídeo del viaje?** —le preguntó Claudia a J. J.

—Estoy segura de que tus *followers* sobrevivirán si no saben en todo momento lo que estás haciendo, ¿eh? —lo piqué yo obligándome a olvidar el trabajo de Lengua.

J. J., sin embargo, no respondió. Tras unos instantes de silencio, lo único que hizo fue bajar el teléfono y agacharse frente a nosotras con gesto serio.

—¿Habéis visto a la anciana que está allí, junto a la entrada a la catedral? —nos dijo—. Miradla disimuladamente.

Claudia y yo levantamos la vista, y J. J. gruñó:

—Manuela, he dicho **disimuladamente**.

—Ni siquiera está mirando hacia aquí.

Pero, de pronto, la mujer giró la cabeza y clavó sus ojos en los míos. El corazón me dio un vuelco y, como si me hubieran descubierto copiando en un examen, miré de nuevo a mi hermano. Lo único que me había dado tiempo a distinguir había sido una melena blanca, unas ropas negras y una nariz ganchuda que resaltaba en un rostro excesivamente arrugado.

—Parece una meiga —susurró Claudia.

—Nos lleva siguiendo desde que salimos del hotel —dijo mi hermano en voz baja—. La he estado grabando. Mirad.

J. J. nos mostró un vídeo en su teléfono y tanto Claudia como yo lo observamos. En la pantalla aparecía el parque de la Alameda, por el que habíamos paseado hacía un rato, pero no había ni rastro de la anciana.

—Champiñón, ¿es una broma? —le dije—. Porque, si es así, no tiene gracia.

—¿Cómo que una broma?

J. J. frunció el ceño y miró la pantalla. Tras unos instantes observando el vídeo, pasó al siguiente. Y después al siguiente. Y al siguiente. **Con cada vídeo que veía, su rostro palidecía un poco más.**

—No puede ser.

—¿Qué pasa? —le preguntó Claudia con un fino hilo de voz.

—Esa mujer... Os juro que nos ha estado siguiendo. La he grabado por si acaso quería hacernos algo, pero...

—Pero ¿qué? —le interrumpí.

—Que no está. No está en ninguno de los vídeos. Es como si fuera un fantasma.

Nos giramos a mirar a la anciana, pero la mujer había desaparecido.

5

Los tres nos quedamos callados, mirándonos, preguntándonos cómo era posible que la anciana que habíamos descubierto junto a la entrada de la catedral no apareciera en ninguno de los vídeos de mi hermano. **En ninguno.**

—La he grabado —repitió J. J.—. Os prometo que la he grabado.

Un trueno estalló en el cielo y los tres nos sobresaltamos.

Una extraña sensación comenzó a arañarme el estómago, **una sensación que se parecía demasiado al miedo**.

—¿Y si esa anciana es un fantasma? —pregunté—. Se supone que no salen en las fotos ni se reflejan en los espejos.

—Esos son los vampiros —dijo Claudia, a la que claramente la situación no le hacía ninguna gracia—. Tiene que haber alguna otra explicación.

Pero ninguno de los tres fuimos capaces de encontrarla. De hecho, cuando comenzó a llover y Claudia sacó su paraguas para cobijarnos, seguíamos sin ser capaces de decir nada.

—Deberíamos volver al hotel si no queremos mojarnos —propuso J. J.—. Además, no queda mucho para que se haga de noche.

Nos pusimos en pie casi a la vez, pero yo no quería marcharme. No podía irme al hotel cuando teníamos delante un misterio como ese.

¿Una anciana que parecía una meiga nos había seguido por toda la ciudad y, por alguna razón, no aparecía en los vídeos que había grabado mi hermano?

Tenía que averiguar qué estaba ocurriendo.

Tenía que averiguar la verdad.

Observé la plaza del Obradoiro, ignorando tanto a los turistas que huían de la lluvia como a los peregrinos que sacaban sus chubasqueros de las mochilas y, justo al otro lado, la vi.

La mujer estaba quieta, con una sonrisa enigmática en los labios, mirándome como si quisiera provocarme en silencio. «Ven», parecía estar diciéndome. «Ven, Manuela».

Y yo, sin pensarlo dos veces, obedecí.

Di un paso hacia ella, pero la mujer se dio la vuelta y se perdió entre el gentío.

Entonces, comencé a correr.

—¡Manuela! —exclamó J. J.

La lluvia comenzó a caer con más intensidad mientras atravesaba las calles de Santiago. La anciana era un punto negro en la distancia, un punto que se movía con una agilidad que no casaba con la edad que aparentaba, pero yo no me detuve. Lo único en lo que podía pensar era en que tenía que alcanzarla. ¿Y si sabía algo de la espada?

¿Y si esa era la razón por la que nos había estado siguiendo?

Claudia y J. J. corrían detrás de mí.

El cielo se iluminaba sobre nosotros con la luz intermitente de los rayos y, además de a la gente, teníamos que ir sorteando los charcos que se estaban formando en el suelo.

—¡Está allí! —grité sin apartar la mirada de la anciana una vez la había localizado.

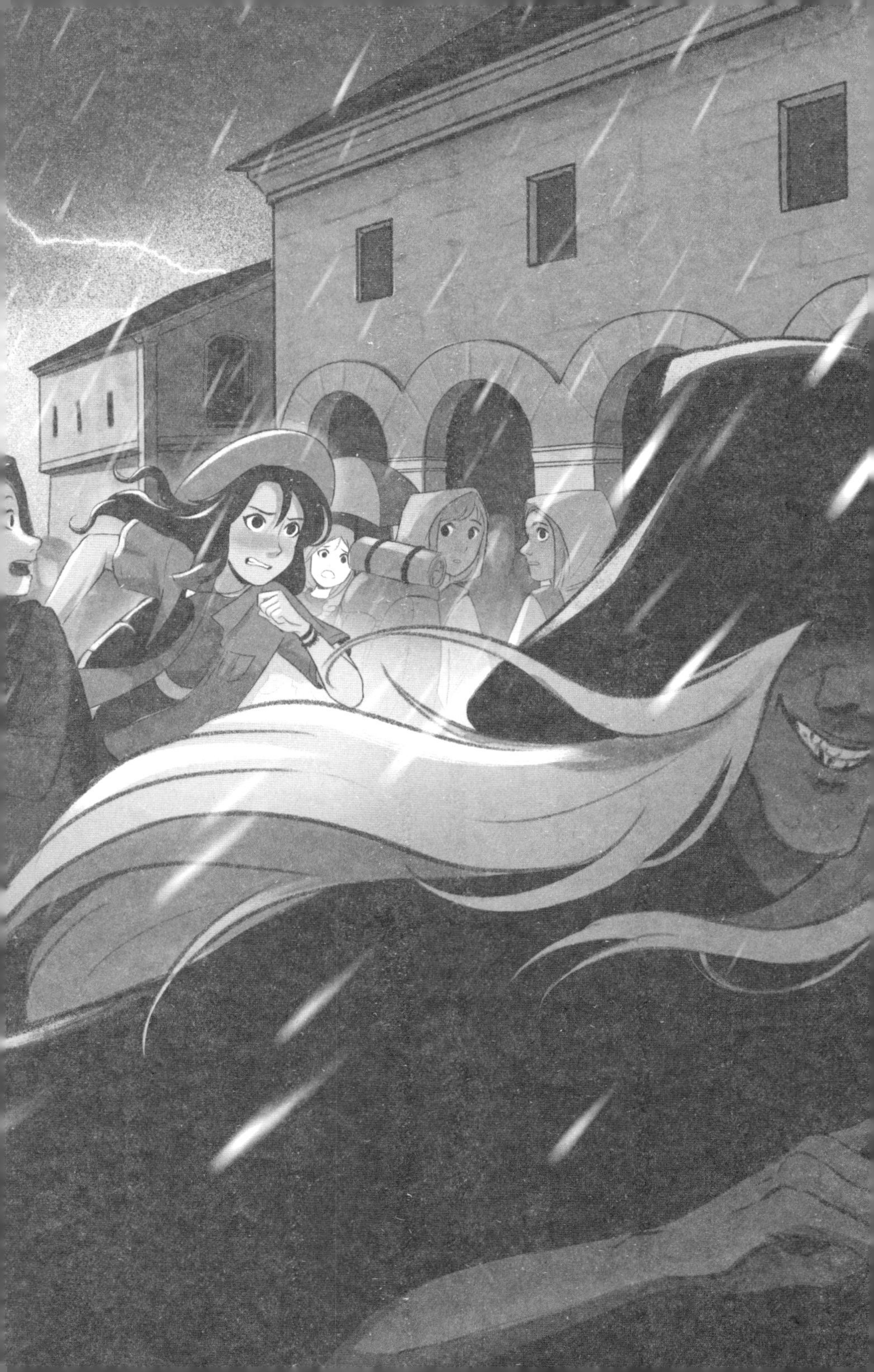

El corazón me latía a toda velocidad y sentía la emoción de la aventura en la garganta, en los brazos y en las piernas. Ni siquiera notaba la lluvia que me estaba mojando la ropa.

De repente, al igual que le pasaba a Indiana Jones en sus películas, lo único en lo que podía pensar era en llegar hasta mi objetivo.

Giramos en una esquina y, cuando rodeamos la catedral por completo y llegamos a la plaza de Praterías, resbalé y me caí.

—¡Manuela! —me gritó Claudia—. ¿Estás bien?

Asentí, y tanto ella como J. J. me ayudaron a levantarme. Tenía la respiración entrecortada y un dolor punzante en la rodilla que me había golpeado contra el suelo.

El sombrero de mi padre se había caído, así que lo recogí y volví a ponérmelo. Sin él, siempre sentía que me faltaba algo.

—Vamos bajo aquellos soportarles —propuso Claudia—. Nos estamos empapando.

Entre ella y mi hermano me ayudaron a caminar hasta allí y, una vez protegidos de la lluvia, ambos se aseguraron de que estaba bien.

—Ha sido solo un golpe —los tranquilicé—. Como mucho me saldrá un moratón. Tenemos que seguir buscando a...

—Deberíamos volver al hotel —me interrumpió Claudia—. Está diluviando y ya casi es de noche. Si vuestros padres se enteran de que no hemos vuelto a tiempo, se enfadarán.

Estuve a punto de decirle que sí, que tenía razón, que era una tontería buscar a una anciana fantasma en medio de una tormenta, cuando J. J. preguntó:

—¿Qué es eso?

Antes de que Claudia y yo pudiéramos responder, se agachó y recogió un sobre del suelo.

—Eso no estaba ahí hace un minuto —dije, extrañada.

—Pone... Pone nuestros nombres.

Nos mostró el sobre y, cuando vi nuestros nombres escritos sobre el papel con una brillante tinta roja, me quedé sin palabras.

¿Quién lo había puesto ahí? ¿Y por qué?

Justo debajo, además, estaba dibujada la cruz de Santiago.

—Ábrelo —le pedí.

—No, ábrelo tú —me dijo, entregándome el sobre—. Esto me da muy mal rollo.

Le quité el papel de las manos y, con los nervios a flor de piel, lo abrí.

—Es una carta —les dije con un hilo de voz—. Una carta para nosotros.

Tanto Claudia como J. J. guardaron silencio, entre asustados y sorprendidos, y yo tragué saliva. Después, algo insegura, comencé a leer:

Para Manuela, Jaime y Claudia:

Si habéis llegado hasta aquí es porque las meigas os han elegido para participar en sus pruebas.

Valentía, inteligencia, honor... Muchas son las cualidades que os caracterizan, jóvenes aventureros.

Haced uso de ellas para superar los acertijos, y la recompensa será la gloria afilada que el apóstol dejó en la ciudad.

Ojo, porque, si decidís ser parte de esta carrera contrarreloj, debéis saber que no estaréis solos: los guardianes de la espada intentarán deteneros.

Tenéis hasta medianoche para llegar al final, así que no os confiéis.

Estáis a punto de enfrentaros a unos peligros inimaginables, a ver el rostro del dios de la muerte. Antes que vosotros, muchos aventureros han fracasado.

¿Seréis los primeros en salir victoriosos?

A medianoche sonarán las campanas sagradas de la catedral, y la luz revelará el escondite de la espada. Guardianes ocultos, caminos cruzados.

Que gane el más digno entre los llamados.

Cuando terminé de leer, solo el sonido de la lluvia rompía el silencio. Tanto J. J. como Claudia estaban muy serios, podía percibir que estaban mucho más asustados que antes.

—Las meigas quieren que encontremos la espada del apóstol. Nos están dando la oportunidad de conseguirla.

—Manuela, ¿eres consciente de lo que has dicho de verle la cara al dios de la muerte? —me preguntó J. J.—. **Porque yo sí, y no me hace ninguna gracia.**

—¿Y por qué nos iban a elegir a nosotros? —añadió Claudia.

—No lo sé —le respondí yo—. Quizá quieren que llevemos la espada al museo para que la protejamos, o quizá han visto algo que nosotros ahora mismo ignoramos, no tengo ni idea. Lo único que sé seguro es que quiero intentarlo.

Las campanas de la catedral tañeron en ese momento, llenando cada rincón de la ciudad con sus golpes de bronce.

Ya eran las nueve.

Teníamos tres horas para resolver los acertijos de las meigas.

Solo tres horas.

—Manuela, a mí me da la sensación de que esto es una idea malísima —susurró J. J.

—Ni siquiera sabemos por dónde empezar —dijo Claudia.

En eso, desde luego, Claudia tenía razón. Volví a leer la carta, pero seguí sin encontrar nada que me diera una pista.

Cada vez llovía más fuerte, como si la ciudad quisiera ponérnoslo aún más difícil, y había empezado a tener frío.

Le di la vuelta al papel y, después, se lo pasé a Claudia. Ella tampoco tuvo suerte.

Estaba empezando a desesperarme cuando se me ocurrió mirar dentro del sobre en el que habíamos encontrado la carta.

Metí la mano dentro, esperando encontrarlo vacío, y entonces lo noté.

En el interior había una llave, una pequeña y plateada llave junto a... ¡otro trozo de papel! Lo leí, con el corazón en el puño, y después sonreí.

Ahí estaba la pista que nos llevaría hasta la primera prueba.

6

El papel que había en el sobre solo tenía escritas cuatro palabras.

Eran estas:

> **Prudencia,**
> **justicia,**
> **fortaleza**
> **y templanza.**

No había nada más.

—¿Estás segura de que no hay ninguna otra pista? —me preguntó J. J.

Le pasé el sobre para que lo inspeccionara, pero, tal y como había comprobado yo hacía apenas unos segundos, no había nada más.

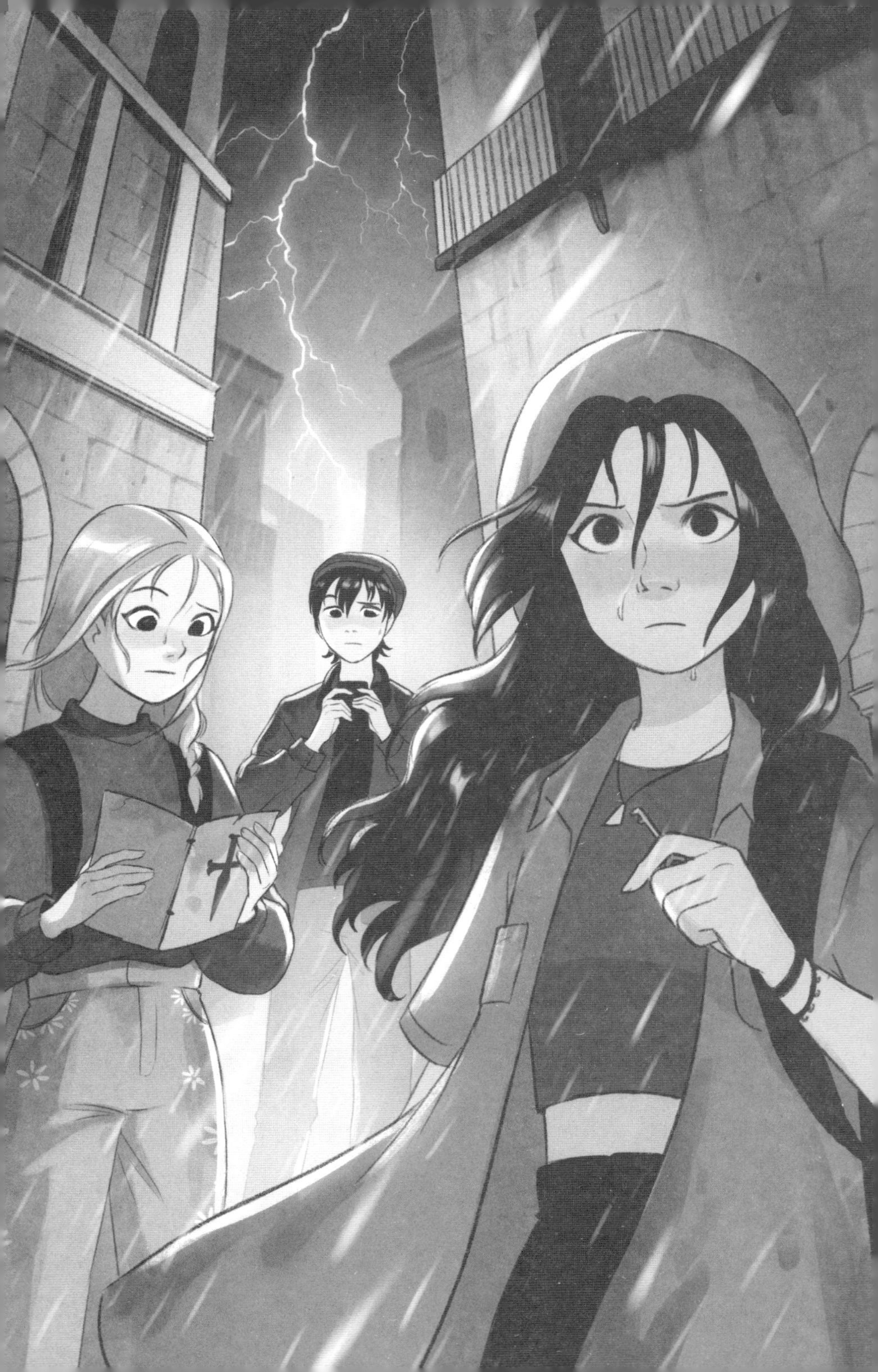

¿Qué se suponía que teníamos que hacer con una llave y cuatro palabras misteriosas?

—Prudencia, justicia, fortaleza y templanza —repetí para mí misma, en voz baja, mientras le daba vueltas a la llave—. No me dice nada. No me dice absolutamente nada.

Mi hermano comenzó a teclear en su móvil y Claudia abrió la guía de su padre. Yo, mientras tanto, sin dejar de darle vueltas a las palabras del papel, me concentré en observar la ciudad.

La noche había caído sobre Santiago y las calles parecían haberse transformado. Ahora todo estaba iluminado por la luz de las farolas y sombras tenebrosas bailaban sobre las paredes de los edificios. Los rincones estaban impregnados de la más completa oscuridad, como si la ciudad hubiera sido cubierta con un velo fantasmal.

—Cuando veníamos hacia aquí en el tren, vuestro padre nos explicó que, según algunas leyendas, los espíritus de la Santa Compaña protegen la espada de Santiago —dijo Claudia—. ¿Creéis que...?

Pero no terminó la pregunta.

No se atrevía a hacerlo.

Las meigas nos habían dicho que, si decidíamos

participar en aquella carrera contrarreloj, tendríamos que enfrentarnos a peligros inimaginables.

¿Y si se referían a eso? **La Santa Compaña, el dios de la muerte...**

Aquello no me gustaba nada.

—¿Por qué no os vais al hotel? —les dije, mirando tanto a Claudia como a mi hermano—. Allí estaréis más seguros. Yo buscaré la espada.

—Pero, Manuela, ¿es que te has vuelto loca? —me preguntó Claudia.

—Por mucho que siempre haya querido ser hijo único —añadió mi hermano—, no voy a abandonarte a tu suerte, caracastor.

—Pero... No quiero... No quiero que os pase nada —balbuceé.

—Te olvidas de que yo también soy un Jones —me dijo J. J.—. Y un Jones no se va al hotel mientras su hermana se enfrenta sola al peligro.

—Manuela, si quieres buscar la espada, nosotros dos iremos contigo. La única forma que tenemos de salir victoriosos de esto es permanecer juntos —aseguró Claudia.

—Además, en esa carta estaban los nombres de los tres, ¿no?

De repente, a pesar del miedo y la inquietud, me sentí arropada. No quería que Claudia y J. J. corrieran peligro, pero adoraba que hubieran decidido quedarse conmigo.

Por muy valiente que fuera, no conseguiría nada sin ellos.

Ni siquiera Indiana Jones se enfrentaba a sus aventuras él solo.

—Bien —dije, mirándolos a ambos—. Pues... ¿qué hacemos con esto?

Les enseñé la pista con las cuatro palabras escritas, **y tanto Claudia como J. J. guardaron silencio**.

Prudencia, justicia, fortaleza y templanza.

—Vale, vamos a pensar —propuso Claudia—. Cuatro palabras, cuatro palabras... Se me ocurre que a lo mejor posee alguna cosa que tenga algo que ver con los cuatro brazos de la cruz de Santiago.

—Puede, pero eso sigue sin decirnos nada —le respondió J. J.

Cuatro palabras, cuatro brazos de la cruz de Santiago.

¿Tendría algo que ver el número cuatro?

Cerré los ojos y me froté las sienes.

—Estoy segura de que esto nos tiene que llevar a algún lugar de la ciudad —comentó Claudia—. ¿A dónde? No lo sé.

—¿A la catedral? —pregunté, mirando el inmenso edificio que se alzaba frente a nosotros—. Quizá tengamos que abrir algo con esta llave, algo que esté ahí dentro.

Claudia apretó los labios siguiendo la dirección de mi mirada, pero no dijo nada. No parecía muy convencida.

Yo, en realidad, tampoco lo estaba. La llave era demasiado pequeña, como si tuviera que abrir un joyero o un cofre muy pequeño.

La catedral no era un lugar para ocultar algo así.

—Oye, Claudia —soltó de repente mi hermano—. ¿No has dicho algo antes sobre las sotas de la baraja? También son cuatro, ¿no?

Tanto Claudia como yo miramos a J. J., ambas sorprendidas por lo perspicaz que era su reflexión. Estaba segura de que solo se acordaba de eso porque lo había dicho Claudia, pero en realidad no importaba. Cuando J. J. decía algo inteligente (que no era muy a menudo), había que reconocérselo.

—Sí —susurró Claudia—. La iglesia de San Fructuoso. ¡Tienes razón!

Abrió la guía de su padre y comenzó a pasar páginas a toda velocidad hasta que encontró exactamente lo que estaba buscando.

—Justo detrás de la plaza del Obradoiro —leyó— se encuentra la iglesia de San Fructuoso, un edificio del siglo XVIII cuya fachada está decorada con esculturas de las cuatro virtudes cardinales. Aunque suelen confundirse con las cuatro sotas de la baraja española, en realidad representan a...

—... la prudencia, la justicia, la fortaleza y la templanza —terminé yo.

Claudia levantó la vista de la guía y, sin decir nada, asintió.

Lo habíamos encontrado.

¡Lo habíamos encontrado!

El corazón se me aceleró de golpe en cuanto me di cuenta de que habíamos resuelto el primer acertijo de las meigas.

—J. J., ¿dónde está esa iglesia? ¿Lo puedes mirar en el móvil? —pregunté.

Mi hermano tecleó en su teléfono y, tras una rápida búsqueda en Google Maps, dijo:

—A cuatro minutos de aquí.

Solo cuatro minutos. Perfecto. Si queríamos encontrar la espada antes de la medianoche, no podíamos perder tiempo.

—Bien, pues vamos allá.

—¿Y si la siguiente prueba está dentro de la iglesia? —preguntó mi amiga—. No vamos a poder entrar. A estas horas, ya estará cerrada.

—Improvisaremos —dije.

Claudia y yo comenzamos a caminar, pero enseguida nos dimos cuenta de que J. J. no andaba a nuestro lado, se había quedado quieto, con la mirada fija en la pantalla del móvil.

—Champiñón, ¿qué haces ahí parado? Tenemos que darnos prisa.

—No creo que tengamos que entrar en la iglesia —respondió él sin levantar la vista de su teléfono.

—¿Por qué?

—Justo al lado de la iglesia hay un jardín —nos explicó—. El jardín de San Fructuoso.

—¿Y qué?

—Que antes era otra cosa.

—¿Cómo que era otra cosa? Explícate.

Mi hermano nos miró, con el miedo reflejado en la mirada, y, después, bajando el tono de voz, pronunció las siguientes palabras:

—Antes de ser un jardín, ese lugar... ese lugar era un cementerio. Creo que es ahí donde nos están enviando las meigas.

7

Volvimos a atravesar la plaza del Obradoiro, esta vez sumidos en la oscuridad. Las únicas luces que nos iluminaban el camino eran los focos de la fachada de la catedral y del ayuntamiento, situado justo en frente. J. J. llevaba el paraguas de Claudia (en el que apenas cabíamos los tres) mientras mi amiga iba leyendo la guía de su padre en voz alta:

—El cementerio de San Fructuoso fue un cementerio medieval en el que se enterraba a los peregrinos que fallecían en Santiago. En el siglo XIX lo convirtieron en un jardín.

—¿Y qué pasó con las tumbas? —preguntó mi hermano.

—Siguen ahí, **solo que están bajo tierra**.

—Ah, estupendo.

De vez en cuando, un rayo rompía la oscuridad del cielo y los tres nos encogíamos con el sonido del trueno que venía después. Parecía que estábamos dentro de una película de terror.

—Esa es la iglesia de San Fructuoso —anunció Claudia cuando dejamos atrás la plaza del Obradoiro.

Frente a nosotros había una iglesia que parecía una torre. En la parte más alta de la fachada había un campanario y, a ambos lados, cuatro esculturas de mujeres que, supuse, representaban la prudencia, la justicia, la fortaleza y la templanza. Cada una de ellas portaba un objeto distinto: una llevaba un espejo; otra, una espada; otra, un garrote, y la última, una copa; los símbolos de las cuatro sotas de la baraja.

—¿Dónde está el cementerio? —pregunté, intentando ver algo a través de la lluvia.

—Se supone que ahí —me respondió J. J.

A la izquierda de la iglesia había un jardín que, a simple vista, no tenía nada de especial. Los setos que lo decoraban estaban plantados de tal forma que creaban una especie de laberinto, pero nada más. Nos acercamos hasta allí en silencio y, al llegar, vimos la placa de piedra que colgaba de uno de los muros de la iglesia. Era una calavera con dos huesos cruzados, el símbolo de la muerte.

—**Esto da mucho miedo** —susurró J. J.

—¿Tanto miedo como Pipo? —le piqué.

—Manuela, deja de recordarme a ese payaso.

—No debería darnos miedo —nos interrumpió Claudia. Probablemente se estaba esforzando por mostrarse más valiente de lo que se sentía en realidad—. No es un cementerio de verdad. Ya no.

—Eh, los muertos están ahí abajo. Muertos de hace cientos de años.

—Vamos a buscar la siguiente pista —dije yo.

Nos acercamos hasta el jardín, pero, antes de poder

hacer nada, los tres nos quedamos quietos. De pronto, como surgido de la nada, comenzamos a oír un tintineo lejano, como si se estuviera acercando a nosotros un carro lleno de cascabeles.

—¿Oléis eso? —pregunté de repente en voz baja—. Huele a...

—Cera —concluyó J. J.

«El olor a cera, la brisa que levantan a su paso, el tintineo de una campanilla... Yo solo digo que tengáis cuidado», nos había dicho mi padre. ¿Sería verdad? ¿Y si los espíritus de la Santa Compaña eran realmente los guardianes de la espada? Un escalofrío me bajó por la espalda y, de pronto, la idea de volver al hotel con Nefertiti no me pareció tan mala.

—Vienen a por nosotros —dijo Claudia.

—Pues tenemos que ser **más rápidos que ellos** —respondí—. Vamos.

Apreté la llave contra la palma de la mano y me forcé a concentrarme. Sin embargo, ninguno de los tres podía dejar de mirar a nuestro alrededor, temiendo que de repente apareciera una procesión de almas en pena dispuestas a llevarnos con ellas. Las calles estaban vacías, pero ninguno de nosotros podía deshacerse de la sensación de que alguien nos estaba vigilando, de que unos ojos que no eran humanos nos observaban.

—La llave tiene que abrir un cofre pequeño —dije—. Aquí no hay muchos sitios donde esconder un cofre de estas características.

Comenzamos a caminar entre los setos, los tres muy juntos por el miedo y el frío. El barro del suelo hacía que nos fuera difícil avanzar, **y tuvimos que encender las linternas del móvil para ver por dónde caminábamos**. Fue precisamente gracias a la luz de mi teléfono por lo que me di cuenta de que, junto a uno de los setos, la tierra estaba algo revuelta, como si hubieran enterrado algo debajo.

—Iluminad ahí —les pedí a Claudia y a mi hermano mientras me ponía de rodillas.

—¿Qué hay?

—No lo sé, vamos a averiguarlo.

Bajo la luz de los teléfonos de Claudia y J. J., comencé a escarbar. Aún me dolía la rodilla del golpe que me había dado al caerme, pero eso no me detuvo. Ni eso ni el barro, que no solo me manchó la ropa, sino también las manos y la cara.

—¿Necesitas ayuda? —me preguntó Claudia.

—No —le respondí—. Seguid iluminando.

El tintineo de las campanillas se oía cada vez más cerca y, tal y como nos había advertido mi padre, se había levantado una brisa que me puso los pelos de punta. La Santa Compaña se estaba acercando.

—Aquí hay algo —anuncié tras varios minutos sacando tierra.

—Espero que no sea ningún bicho —dijo Claudia.

—O algo peor —sugirió J. J.—. Recordemos que esto era un cementerio.

Escarbé unos centímetros más, asegurándome de que lo que mis manos habían tocado no era una piedra y, cuando pude cogerlo, hice fuerza y tiré hacia arriba. Claudia y J. J. me ayudaron y, entre los tres, sacamos un cofre.

—Lo tenemos —dije con la respiración entrecortada.

Agachados sobre la tierra, ocultos a duras penas por el paraguas de Claudia, los tres observamos el tesoro. Era de madera, antiguo, y tenía la cruz de Santiago grabada en la tapa. Se trataba de un cofre pequeño, tan pequeño como me lo imaginaba, y del tamaño perfecto para la llave que las meigas nos habían dejado en el sobre.

—Ábrelo —me apremió J. J. No dejaba de mirar hacia

atrás por si los espíritus aparecían sin que nos diéramos cuenta—. Ábrelo y vámonos de aquí cuanto antes.

Cogí aire y, con decisión, metí la llave en la cerradura del cofre. Ni siquiera tuve que hacer fuerza para que este se abriera.

—¿Qué hay dentro? —quiso saber Claudia.

Pero, antes de comprobar lo que las meigas habían dejado para nosotros dentro del cofre, yo ya sabía lo que era. Otro papel. Otro acertijo. Lo cogí, con las manos aún temblorosas por el esfuerzo de escarbar, y lo leí en voz alta:

—En el camino del apóstol soy un peregrino, ni aliento ni huella dejo en el camino. No tengo cuerpo ni voz para hablar, mas, si el sol se oculta, dejo de estar.

Un trueno iluminó el cielo y tanto los ojos de Claudia como los de J. J. se llenaron de luz. Estábamos sobre un cementerio medieval, empapados y manchados de barro, perseguidos por unos espíritus malditos que querían detenernos para que no encontráramos la espada del apóstol Santiago. ¿Cuándo se había convertido mi vida en una película de Indiana Jones?

—¿Tenéis idea de lo que quiere decir eso? —les pregunté.

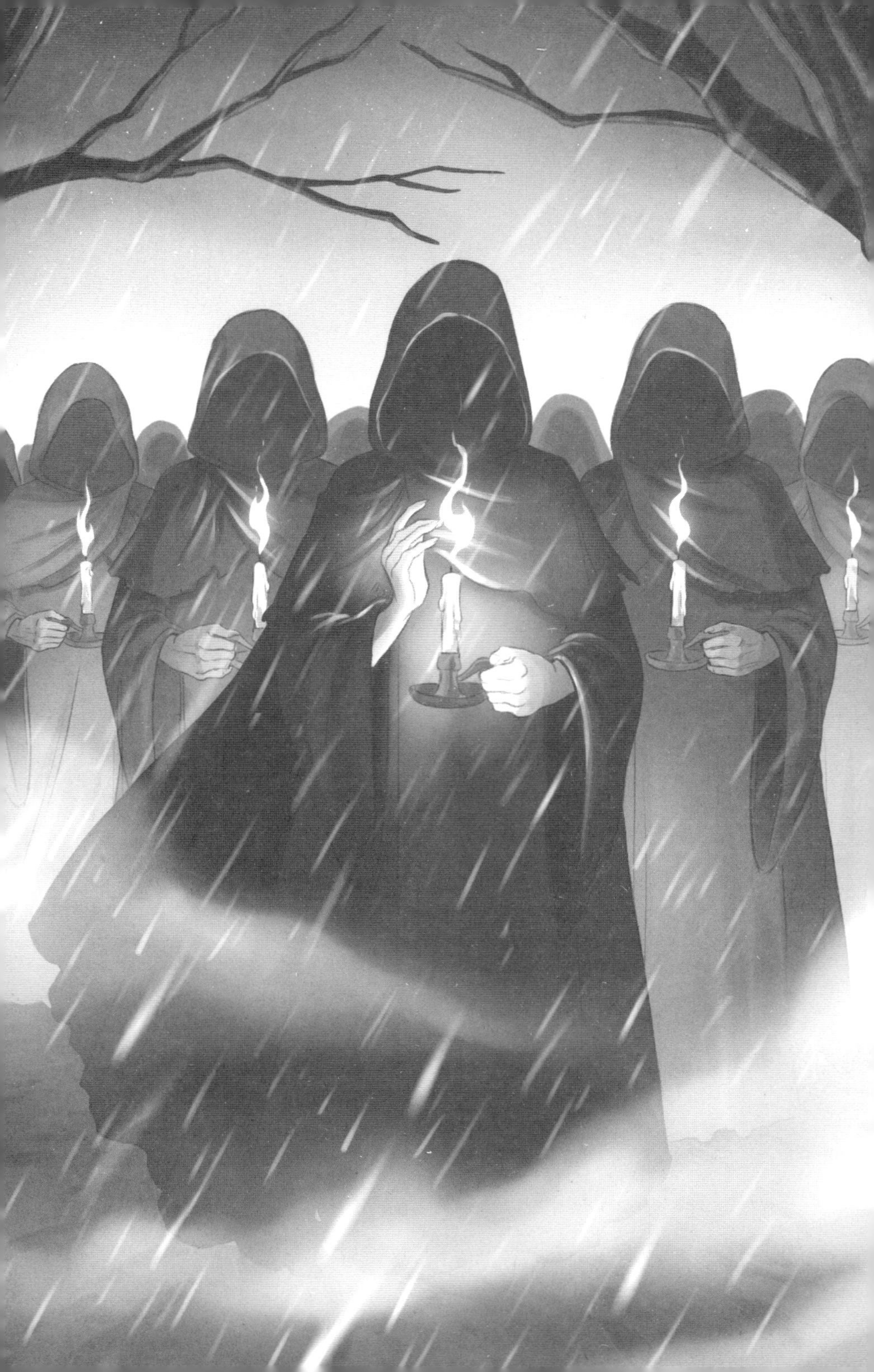

Pero, antes de que ninguno de los dos pudiera responder, vimos un grupo de figuras encapuchadas que se acercaban hacia nosotros. Eran doce, y cada una llevaba una vela entre las manos. No se les veía el rostro, pero estaba segura de cómo eran: blancos, cadavéricos, terroríficos.

Por un instante, los tres nos quedamos petrificados. El miedo se adueñó de nuestro cuerpo y no pudimos movernos. Ni siquiera pudimos pensar. ¿Era la Santa Compaña? ¿La Santa Compaña de verdad?

—**Corred** —dije con un hilo de voz—. **¡Ya!**

Y nos marchamos del cementerio a toda velocidad.

8

Nunca había estado tan asustada. Ni siquiera aquella vez que me monté en la montaña rusa más alta de Europa. El corazón me golpeaba el pecho con tanta fuerza que hasta tenía miedo de que se me fuera a salir.

—¡Vamos por aquí! —les indiqué a Claudia y a J. J.

Desde que habíamos visto a los espíritus de la Santa Compaña, no habíamos dejado de correr. Atravesamos las calles de Santiago a toda velocidad sin importarnos la fuerza de la lluvia. Temblaba toda yo. Además, tenía el estómago tan revuelto que estaba empezando a arrepentirme de haber comido esas patatas fritas.

—¿De verdad creéis que era la Santa Compaña? —preguntó J. J. casi sin aliento.

—¿Quiénes iban a ser si no? —le respondí—. No creo

que haya mucha gente que vaya por ahí con capuchas negras y velas en las manos.

Encontramos un callejón estrecho y nos escondimos en él. Tras comprobar que nadie nos había seguido hasta allí, que estábamos a salvo, nos detuvimos a coger aire. Claudia y J. J. se apoyaron contra una de las paredes y yo me incliné para masajearme la rodilla.

—¿Te duele? —me preguntó Claudia.

—Un poco, pero nos hemos dado peores golpes en clase de baile —le respondí, guiñándole un ojo.

Las campanas de la catedral volvieron a repicar; automáticamente miré el teléfono. Eran las diez. **Solo nos quedaban dos horas.**

—Tenemos que averiguar ya a dónde nos lleva la segunda pista —dije.

—Sí, Manuela, gracias por meternos prisa cuando nos está persiguiendo un grupo de espíritus asesinos —me respondió J. J.—. ¡Es justo lo que necesitábamos!

—Bueno, nadie dice que vayan a matarnos, ¿no? —objetó Claudia—. La carta solo decía que intentarían detenernos.

—Claro. Seguro que, si nos pillan, nos dirán con amabilidad: «Por favor, ¿podéis dejar la espada en paz? Muchas gracias» —remarcó J. J.

—Oye, no hace falta que seas tan borde todo el rato —le reproché.

Justo en ese momento volvimos a oír el tintineo de las campanillas y supimos que nos habían encontrado.

—Rápido —susurré.

Empezamos a correr de nuevo, atentos en todo momento a lo que ocurría a nuestro alrededor. La espada era nuestro objetivo, sí, pero antes teníamos que despistar a la **Santa Compaña** y buscar un lugar tranquilo en el que poder hablar sin el temor constante a que aparecieran. De repente, se me ocurrió la solución.

—¡Seguidme!

Al poco rato llegamos a una de las calles principales del centro histórico. La lluvia y la oscuridad habían ahuyentado a casi todos los turistas y peregrinos, que se habían cobijado en sus hoteles y albergues. Los más valientes, sin embargo, caminaban bajo la tormenta buscando un lugar en el que beber algo caliente. Una pareja entró en un bar que ofrecía cenas y cuya especialidad era la tortilla de patata, y nosotros los seguimos.

—¿Un bar? —me susurró J. J.—. No sabía que tenías tanta hambre.

—Aquí dentro estaremos seguros. La Santa Compaña no entrará en un sitio abarrotado de gente, ¿no?

Ni mi hermano ni Claudia respondieron, porque no teníamos ni idea de lo que era capaz de hacer la Santa Compaña. Tampoco queríamos pensarlo mucho.

Tras empujar a la gente que esperaba en la barra del bar y llegar hasta el final del local, encontramos una mesa libre. El calor de la estancia hizo que nos diéramos cuenta de lo incómodos que estábamos con la ropa mojada y de cuánto echábamos de menos la comodidad del hotel. Qué envidia me daba Nefertiti en ese momento. Seguro que estaba tumbada en mi cama, estirada, sin ni siquiera acordarse de que tenía una familia.

—¿Qué vais a querer? —nos preguntó el camarero en cuanto se acercó a nuestra mesa. Era un chico joven y desgarbado con una libreta en la mano—. Si no habéis cenado, os recomiendo la tortilla de patata. Os puedo poner una ración para compartir.

—Tres chocolates calientes —le respondí—. **Muy calientes, por favor.**

El camarero asintió y, cuando se marchó., J. J. se quitó el gorro de lana y se secó el pelo con la mano, revolviéndoselo aún más.

—Siempre me sorprende verte sin gorro —le dije—. A veces se me olvida que tienes una cabeza debajo y que no eres un champiñón.

—Cállate, caracastor. Tú tampoco te quitas nunca ese sombrero viejo de papá.

—Oh, no —se lamentó Claudia—. El oso sin nombre se ha manchado de barro.

Nos mostró su mochila y, al ver el mal aspecto que tenía el oso de peluche, no pude evitar pensar en el que debíamos de tener nosotros. Debíamos de dar mucha mucha pena.

—¿«Oso sin nombre»? —preguntó J. J.

—Claudia no quiere ponerle nombre —le expliqué yo—. Dice que ninguno le convence.

—¿Y por qué hay que ponerle nombre a un oso de peluche? —insistió—. Qué tontería.

—¡Eh! —lo riñó Claudia mientras le tapaba los oídos al oso—. **Vas a herir sus sentimientos.**

Justo en ese momento, el camarero nos trajo los chocolates. Los tres nos olvidamos del oso y nos abalanzamos sobre los vasos como si lleváramos meses sin comer.

—Vale, pensemos —susurré más tranquila, gracias al calor del chocolate.

Las voces de los clientes del bar silenciaban nuestras palabras, así que nadie podía oírnos. Sin embargo, tenía la sensación de que todos los allí presentes sabían lo que estábamos haciendo. Hasta la mujer que estaba sentada en la mesa de al lado, sola y concentrada en resolver el crucigrama de una antigua revista, parecía sospechosa.

—«En el camino del apóstol soy un peregrino, ni aliento ni huella dejo en el camino. No tengo cuerpo ni voz para hablar, mas, si el sol se oculta, dejo de estar» —leí de nuevo—. Es algo relacionado con el Camino de Santiago, eso seguro. Algo que tenga que ver con los peregrinos.

—O con un peregrino en concreto —propuso J. J.—. Alguno famoso, quizá.

—Pero dice que no tiene voz —intervino Claudia—. Además, lo de que deja de estar si el sol se oculta... es como si fuera una sombra.

Volvimos a guardar silencio sin dejar de darle vueltas al acertijo de las meigas. ¿Un peregrino que era también una sombra? ¿Era eso posible? Observé a la gente del bar, buscando inspiración en aquellos rostros desconocidos, y Claudia sacó la guía de su padre. Sin embargo, los minutos fueron pasando y ninguno de los tres fue capaz de encontrar una respuesta.

—Esto es muy complicado —se quejó J. J.

Volvimos a darle un sorbo a los chocolates, agradeciendo que nos templaran el cuerpo, y me pregunté si ahí se acababa nuestra aventura. Quizá no podíamos resolver esa pista y, como muchos antes que nosotros, fracasábamos en nuestro intento de encontrar la espada del apóstol. Quizá no éramos tan valientes ni tan inteligentes como pensaban las meigas.

—Disculpad —nos llamó **la mujer de la mesa de al lado**.

Los tres la miramos y ella sonrió. Tenía el pelo rubio, recogido en un moño. Sus ojos, de un verde muy intenso, habían dejado de prestar atención al crucigrama para mirarnos a nosotros.

—¿Ocurre algo? —le preguntó Claudia—. ¿Podemos ayudarla?

—Oh, no os preocupéis, es que he escuchado vuestra conversación sin querer y creo que puedo ayudaros —respondió ella con un marcado acento gallego—. ¿Habéis oído hablar de la sombra del peregrino?

El estómago me dio un vuelco y hasta dejé de oír las voces del bar.

—Está en la plaza de Quintana —continuó—. Todas las noches, bajo la torre del reloj y junto a la Puerta Real, aparece la sombra de un peregrino. Nadie se explica cómo es posible, pero... ahí está. Es uno de los grandes misterios de Santiago.

¿La sombra de un peregrino?

¿Un misterio al que nadie podía encontrarle una explicación? ¡Eso era justo lo que necesitábamos!

—Perdone, pero ¿qué quiere decir con que aparece la sombra de un peregrino? —le preguntó Claudia.

—Bueno, si vais para allá, lo entenderéis.

Me levanté de la mesa sin pensarlo un segundo, y tanto Claudia como J. J. me siguieron. Pagamos los chocolates y, esquivando de nuevo a los clientes de la barra, salimos del bar.

Antes de abandonarlo, sin embargo, busqué a la

mujer con la mirada para despedirme de ella, pero no la encontré. Al igual que la meiga de la plaza del Obradoiro, había desaparecido.

9

Cuando llegamos a la plaza de Quintana, estaba casi vacía. La lluvia seguía cayendo con fuerza y solo las luces de las farolas iluminaban el exterior de la catedral. La torre del reloj de la que nos había hablado la mujer se alzaba sobre nosotros con majestuosidad, sosteniendo un campanario que, en solo veinte minutos, anunciaría que eran las once de la noche.

—¡Ahí! —exclamó Claudia—. ¡Ahí está la sombra!

Justo debajo de la torre, junto a una de las puertas que daban entrada a la catedral, había un poste de granito. El alumbrado de la plaza hacía que este creara una extraña sombra sobre uno de los muros del templo. Tenía la forma exacta de un peregrino.

—No puede ser —susurré, observándolo a través de la lluvia.

Aunque era más alto que una persona normal, la sombra llevaba el típico bastón de los peregrinos (y que Claudia se encargó de recordarnos que se llama «bordón»), un sombrero y una túnica que no dejaban lugar a dudas. ¡Hasta parecía que llevara una vieira colgada del bastón! ¿Cómo era posible que, entre todas las catedrales que hay en el mundo, aquella sombra surgiera justamente allí, en Santiago? No podía ser una casualidad. No, desde luego que no.

—Hay muchas leyendas —musitó J. J., que había sacado el móvil para buscarlo—, pero todas tienen una cosa en común: **dicen que es un alma en pena**. Sea cual sea la explicación, esta sombra aparece aquí todas las noches porque hay un espíritu que está esperando algo... o a alguien.

Un escalofrío me recorrió la espalda y casi pude oír el tintineo de las campanillas de la Santa Compaña acercándose a por nosotros. ¿Los habríamos despistado escondiéndonos en el bar? ¿Y si sabían que iríamos a buscar la sombra del peregrino y estaban allí, al acecho?

—Tenemos que buscar la siguiente pista —dije, obligándome a olvidar a los espíritus que nos perseguían—. Son casi las once.

Nos pusimos manos a la obra y, tal y como nos había

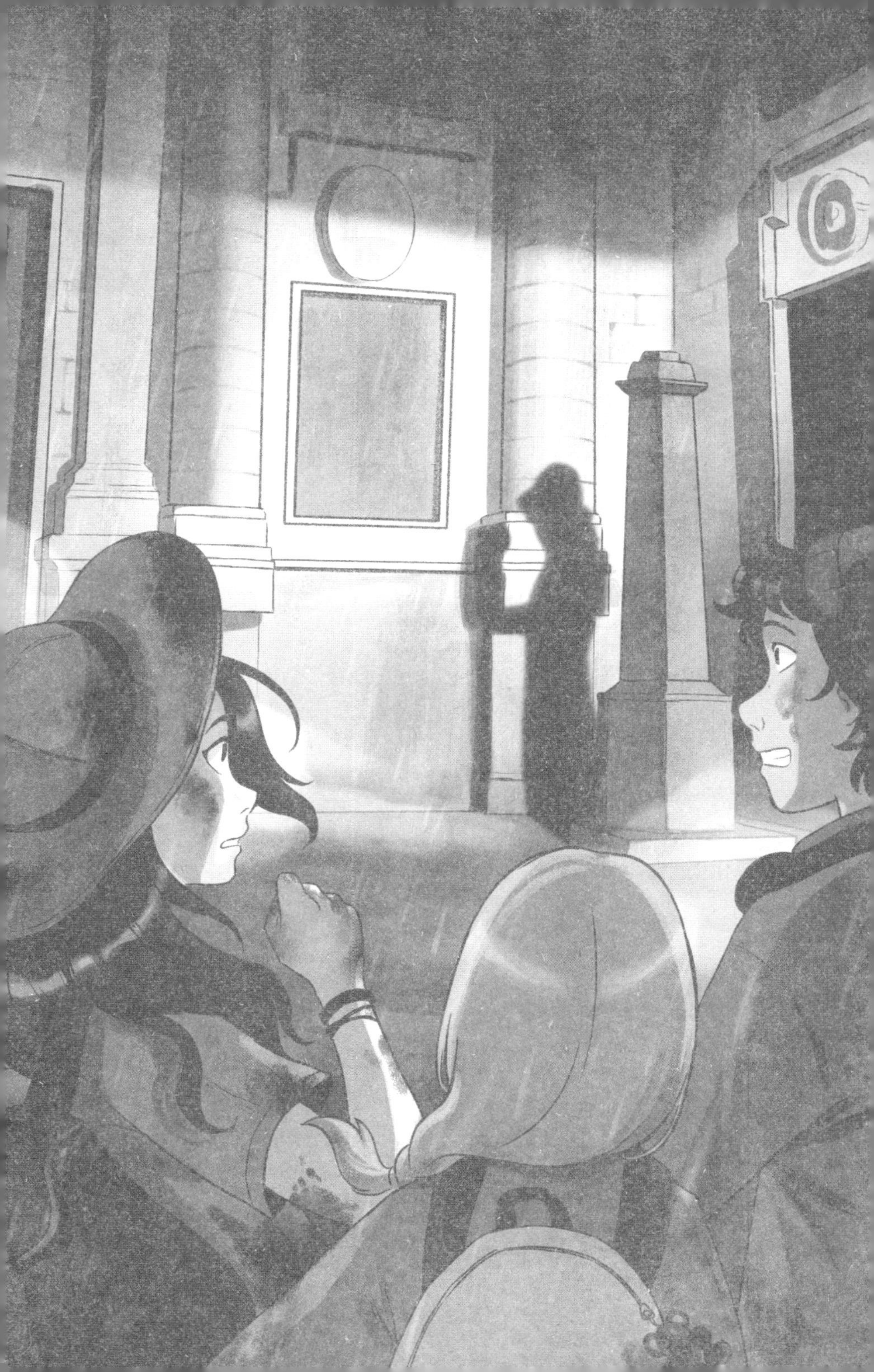

pasado con las dos pistas anteriores, no tuvimos que esforzarnos mucho para encontrarla. Las meigas nos la habían dejado pegada al poste que creaba la sombra del peregrino.

—Está empapado —comenté mientras cogía el sobre de papel.

Al igual que el de la primera pista, tenía nuestros nombres y una cruz de Santiago pintada con tinta roja sobre el papel. Lo abrí con cuidado, temiendo romperlo, y saqué el mensaje que había dentro. Había seis palabras escritas. Solo seis.

—**Id a las puertas del cielo** —leí.

—¿Cómo que «a las puertas del cielo»? —preguntó J. J.—. ¿No se referirá a...?

Se llevó la mano al cuello realizando un gesto que tenía mucho que ver con la muerte, pero ni Claudia ni yo respondimos. Los nervios me subieron hasta la garganta y me la oprimieron con fuerza. ¿Qué querían decir las meigas con que fuéramos a las puertas del cielo?

Entorné los ojos y alcé la vista para mirar la torre del reloj. Quedaban diez minutos para las once.

—Quizá se refiere a algo metafórico —reflexioné—. Algo que tenga que ver con el cielo, pero no el cielo literalmente.

—¿Algo como el Pórtico de la Gloria? —preguntó Claudia.

J. J. y yo la miramos, sorprendidos, y ella se encogió de hombros. Había escuchado a mis padres hablar sobre el Pórtico de la Gloria, pero no les había prestado mucha atención.

—¿Por qué siempre lo sabes todo? —le preguntó J. J. No pude identificar si era un insulto o un halago. Con mi hermano nunca podías saberlo—. Es impresionante.

—Porque me gusta mucho leer. Y también porque atiendo en clase de Historia. Deberías probarlo.

Mi hermano abrió la boca para replicar, pero decidí interrumpirlos antes de que se pusieran a discutir.

—¿Crees que puede ser eso? ¿El Pórtico de la Gloria?

—Bueno, es literalmente una puerta. Antiguamente era la entrada principal a la catedral.

¡Claro! ¡La antigua puerta de la catedral! Esas tenían que ser las puertas del cielo a las que se referían las meigas. No tenía ni idea de dónde estaba, pero tenía el presentimiento de que era allí donde teníamos que ir.

—Pues vamos a buscar esas puertas del cielo —dije, repentinamente emocionada.

—Hay un problema —me respondió Claudia—. El Pórtico de la Gloria es una de las atracciones turísticas más importantes de la ciudad y tiene un horario de visitas muy estricto. Está dentro de la catedral, así que tendríamos que colarnos y llegar hasta el Pórtico... Lo veo imposible a estas horas.

Era demasiado bonito para ser verdad. Volví a mirar el reloj y maldije por lo bajo, preguntándome por qué las meigas no podían habernos metido en la búsqueda de la espada a las doce de la mañana. La catedral ya estaba cerrada al público y solo quedaba una hora para la medianoche. No teníamos tiempo.

—Quizá haya una forma... —susurró J. J. mientras consultaba algo en su teléfono—. Es arriesgado, pero...

—¿Qué? —le apremié.

—Hay una visita guiada a la catedral que empieza a las once —nos contó—. Es una visita nocturna. **Podríamos intentar colarnos con ellos.**

La esperanza que se había apagado hacía apenas unos segundos volvió a brillar con fuerza en mi interior. Al contrario de lo que pensábamos, la catedral no estaba cerrada al público por la noche. Había visitas guiadas nocturnas, y podíamos aprovecharlas.

—Quedan cinco minutos —dijo Claudia—. ¿A dónde tenemos que ir?

—A la puerta que hay en la plaza de Praterías. La visita guiada empieza ahí.

La plaza de Praterías estaba muy cerca de la plaza de Quintana, así que andando tardaríamos pocos minutos. Si nos dábamos prisa, llegaríamos a tiempo. ¿Cómo íbamos a colarnos con el grupo de la visita guiada? Bueno, eso ya lo veríamos.

Nos despedimos en silencio de la sombra del peregrino y, cuando nos dimos la vuelta para ir hacia nuestro destino, los vimos.

A nuestro alrededor, impidiéndonos salir de la plaza, estaban los espíritus de la Santa Compaña. No teníamos escapatoria.

10

Los doce espíritus encapuchados nos rodeaban. A excepción de uno de ellos, que llevaba una cruz de madera entre las manos, todos portaban velas encendidas que no se apagaban con la lluvia. El olor a cera que desprendían era muy intenso, tanto que mareaba. Como no podíamos verles la cara no sabíamos si eran hombres, mujeres o... o criaturas del más allá.

—Dejad de buscar la espada —gruñó uno de los espíritus. Su voz era ronca, áspera y oscura—. Rendíos y no os haremos **ningún daño**.

Claudia y J. J. dieron un paso hacia atrás, asustados, y yo me coloqué delante de ellos para protegerlos. Por mucho que hubiéramos corrido, la Santa Compaña había sido más rápida que nosotros. ¿Cómo íbamos a vencer a un grupo de espíritus milenarios?

—No queremos robarla —les dije—. Queremos encontrarla para protegerla.

—La espada no necesita que la protejan —me respondió otro de los espíritus. Su voz era muy parecida a la del primero—. Nosotros ya nos encargamos de eso.

—Pero ¡es una pieza histórica! —exclamé—. ¡Y las piezas históricas tienen que estar en los museos!

—¡Cállate! —me gritó el que llevaba la cruz—. No tienes ni idea de lo que estás diciendo.

Las campanas de la catedral comenzaron a repicar, indicándonos que ya eran las once, y yo me puse muy tensa. La visita guiada a la catedral estaba a punto de empezar.

—Manuela —me susurró Claudia.

Pero ni siquiera me giré para mirarla. Teníamos que salir de allí sanos y salvos. Y teníamos que hacerlo cuanto antes. ¿Qué podíamos hacer?

Observé a los espíritus e intenté pensar en los fantasmas de las películas. ¿Qué era lo que les daba miedo? Normalmente los vencían con objetos sagrados (y yo no solía llevar ninguno encima) o con algún tipo de exorcismo (no tenía ni idea de cómo hacerlos, aunque, después de aquella aventura, iba a tener que plantear-

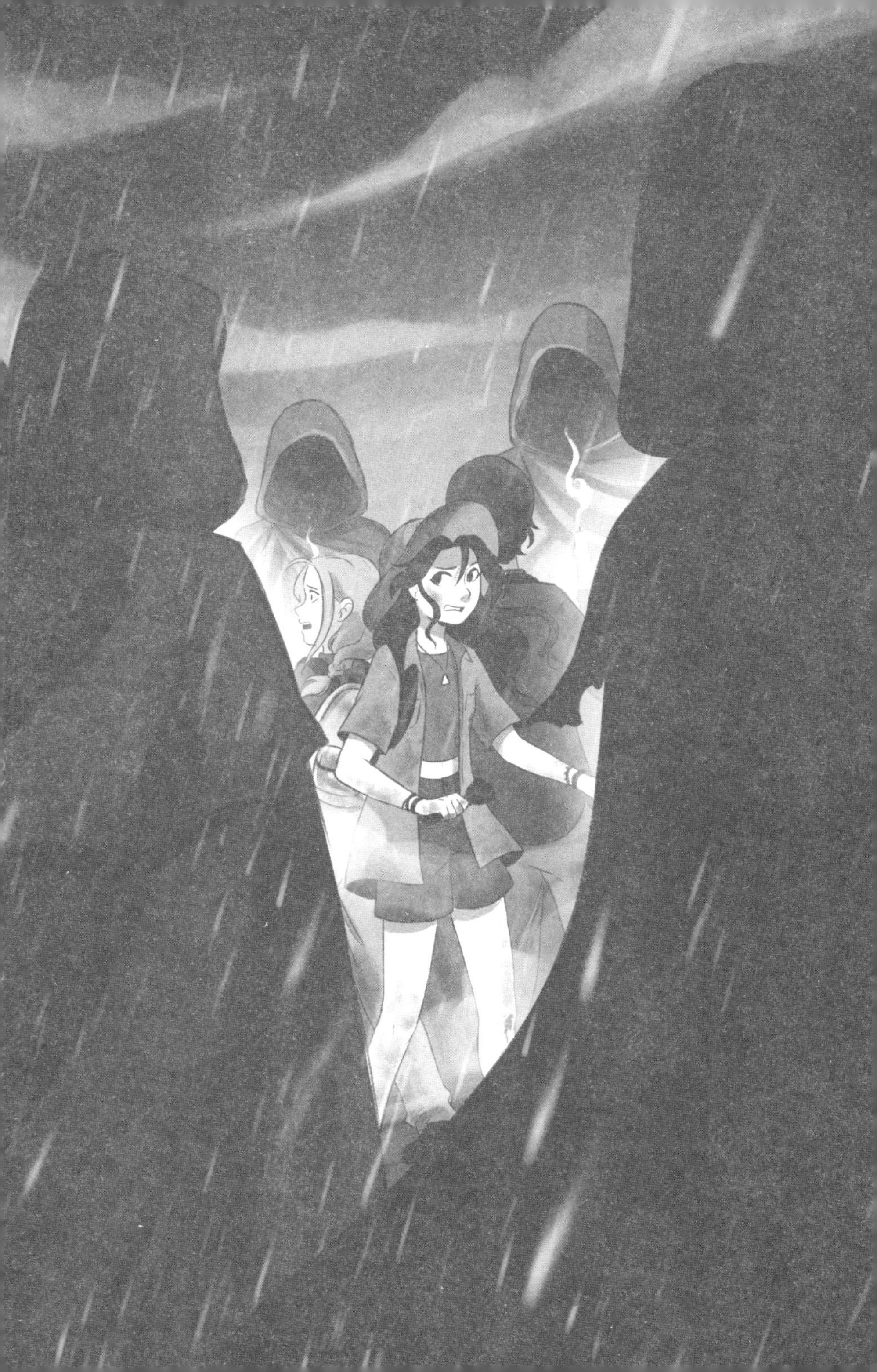

me aprender). También estaba la luz, de la que los espíritus solían huir, pero no tenía el poder de hacer que, de repente, se hiciera de día. ¿O sí?

—A la de tres —les dije, en voz baja, a mi hermano y a Claudia—. Encended las linternas del móvil y corred.

—¿Qué?

—Uno.

Los espíritus estaban colocados en una especie de semicírculo a nuestro alrededor. Había huecos entre ellos, huecos lo suficientemente grandes como para que pudiéramos pasar. Si corríamos a toda velocidad, tan rápido que los espíritus ni siquiera tuvieran tiempo de reaccionar, quizá tendríamos una oportunidad de escapar.

—Dos.

Sin apartar la vista de los espíritus, estiré la mano y cogí la linterna que llevaba en uno de los bolsillos exteriores de la mochila. Ninguno de ellos pareció darse cuenta.

—Manuela, **esto es una locura** —musitó J. J.—. Tu rodilla...

—¡Tres!

Encendí la linterna y Claudia y J. J. hicieron lo mismo con las de sus teléfonos. Enfocamos directamente a los espíritus y salimos corriendo. Ellos se taparon el rostro con las manos, repentinamente cegados, y, cuando quisieron darse cuenta de lo que intentábamos hacer, ya era demasiado tarde. Pasé entre los dos que tenía en frente, rozándoles las túnicas, y salí del círculo en el que nos habían retenido. Claudia no tuvo tanta suerte. Uno de los espíritus la cogió de la muñeca y ella gritó, asustada.

—**¡No! ¡Suéltame!**

J. J. corrió a socorrerla. Iluminó la cara del espíritu y, cuando este se apartó, le dio un buen empujón. Después sujetó la mano de Claudia y tiró de ella.

—¡Rápido! —les dije.

Corrimos sin mirar atrás, preguntándonos si la Santa Compaña nos seguiría. Sin embargo, cuando dejamos atrás la plaza y dimos la vuelta a la catedral, los espíritus parecían haberse desvanecido, como si nunca hubieran estado ahí.

—¿Estás bien? —le pregunté a Claudia, con la respiración entrecortada, cuando nos detuvimos en la plaza de Praterías—. ¿Te han hecho algo?

—No —me respondió ella—. Solo ha sido un susto.

Levantó la mano izquierda mostrándonos la muñeca, y tanto mi hermano como yo observamos la marca que los dedos del espíritu le habían dejado. Era como una quemadura.

—Tenía cuerpo —dijo J. J. mientras observaba la herida de Claudia—. El espíritu. Cuando lo he empujado... No lo he atravesado ni nada de eso.

—Creo que eso me da más miedo aún.

—Vuestro padre dijo que un solo roce de cualquiera de los espíritus de la Santa Compaña hace que vayas perdiendo tu mortalidad —recordó mi amiga, que se había puesto pálida de golpe—. Quizá... quizá el hombre o la mujer que los lideraba ya se está convirtiendo en espíritu y están buscando a un nuevo mortal que los guíe.

Los tres nos quedamos callados, intentando asimilar que acabábamos de enfrentarnos a un grupo de doce espíritus y que uno de ellos había tocado a Claudia, probablemente para convertirla en su líder. ¿Cómo habíamos podido salir ilesos? Aún estaba muy tensa, con la sensación de que la Santa Compaña iba a aparecer de un momento a otro para arrebatarnos nuestra mortalidad.

—**Son las once y diez** —anunció J. J. tras mirar la pantalla del teléfono—. **La visita debe de haber empezado ya.**

Justo frente a nosotros estaba la entrada a la catedral. Había dos puertas, una de ellas cerrada, la otra abierta. Ambas se encontraban bajo dos arcos de medio punto decorados con relieves. Estos tenían diferentes tamaños y colores, como si en vez de haber sido construido a la vez lo hubieran montado como un *collage*, usando para ello esculturas de distintas épocas. En la puerta que estaba abierta había un guardia de seguridad, un guardia que, desde que habíamos llegado, nos miraba con desconfianza.

—Disculpa —le dije, acercándome hasta él—. Nuestros padres acaban de entrar a la visita guiada nocturna, pero nosotros hemos llegado tarde y tienen nuestras entradas. No querían perderse ni un minuto de la explicación.

El guardia alzó una ceja, preguntándose si estaría diciendo la verdad, y yo le mostré la mejor de mis sonrisas. Estábamos empapados y hasta arriba de barro, pero aun así teníamos que causar una buena impresión.

—Ha empezado a llover, hemos tenido que volver al hotel a coger el paraguas y... en fin.

—Además, **nos hemos perdido** —añadió Claudia. Adoraba que entendiera y continuara mis mentiras—. No somos de aquí.

—Les hemos dicho a nuestros padres que llegaríamos lo antes posible —intervino J. J.—. Si no entramos ya, se van a enfadar.

El guardia se cruzó de brazos, evaluándonos. No podíamos haber escapado de la Santa Compaña para que ahora el guardia de seguridad de la catedral nos impidiera entrar. No, no era así como tenía que acabar la búsqueda de la espada.

—Venga, entrad —nos dijo el hombre—. Pedidles las entradas a vuestros padres y me las traéis, ¿entendido?

—Por supuesto —mentí.

El hombre se apartó para dejarnos pasar y la entrada a la catedral se abrió ante nosotros. Yo la observé en silencio, intentando contener la emoción. Después, sin decir nada, entré.

Las puertas del cielo nos estaban esperando.

11

Cuando entramos en la catedral sabíamos que teníamos poco tiempo para actuar. El guarda de seguridad no tardaría en darse cuenta de que nos habíamos colado, así que teníamos que darnos prisa.

La catedral era inmensa, pero, como estaba vacía, no tardamos en encontrar al grupo de la visita guiada nocturna. Eran más de cuarenta personas, así que nos fue fácil camuflarnos entre ellos. Además, como todos estaban mirando a la guía, ni siquiera se dieron cuenta de que nos acoplamos al grupo.

—El maestro Mateo fue un arquitecto y escultor que desarrolló su labor a mediados del siglo XII —estaba diciendo una chica con gafas y acento gallego—. Aunque conocemos sus obras, su vida sigue siendo un misterio para nosotros.

A pesar de que nuestro objetivo era el Pórtico de la Gloria, no pude evitar observar con admiración el resto de la catedral.

Era grande, mucho, con unas bóvedas altísimas sostenidas por columnas que me hacían sentir minúscula. El altar, que solo podía ver a lo lejos, estaba hecho de oro. Todo en él resplandecía al otro lado del pasillo, donde seis ángeles gigantes sostenían una enorme estructura dorada.

—Ahí está **el sepulcro del apóstol** —me susurró Claudia—. Y eso es **el botafumeiro**.

—¿El qué?

Entonces Claudia me señaló una especie de lámpara de plata que colgaba del techo, justo delante del altar. Debía de tener un metro de altura y estaba colgada de tal forma que podía moverse en el aire como si fuera un péndulo.

—En la Edad Media, cuando los peregrinos llegaban a Santiago, no olían especialmente bien —me explicó mi amiga.

—Qué asco —musitó J. J.

—Bueno, no había duchas, no al menos como las conocemos ahora, y el viaje hasta aquí era muy largo. El botafumeiro es un incensario que sirve para esparcir incienso por la catedral, con lo que se evitaba que se acumularan los malos olores.

Observé el botafumeiro con interés, intentando no pensar en cómo debería de oler la catedral en la Edad Media (y evitando así que se me revolviera el estómago) cuando llegamos al final de la nave principal de la catedral y el grupo de visitantes se detuvo. Nosotros lo hicimos también.

—Aquí tenemos una de las obras más importantes del maestro Mateo: el Pórtico de la Gloria —explicó la guía—. **La obra cumbre del románico español.**

Frente a nosotros había tres grandes arcos decorados con esculturas; tres grandes arcos que, antes de que se construyera la fachada monumental de la plaza del Obradoiro, habían servido como puertas de entrada a la catedral.

Aunque en ese momento ya no servían como tal, seguían manteniendo su forma.

Y eran impresionantes.

Las esculturas que decoraban los arcos me recordaban a la de la columna de San Paio que había visto en el Museo Arqueológico, solo que, de alguna forma, parecían menos frías, como si el maestro Mateo hubiera querido darles más personalidad. Eran muchas, muchísimas, y todas ellas representaban a alguna figura religiosa.

Aún conservaban restos de la pintura original, lo que me permitió hacerme una idea de lo llamativas que tuvieron que ser en el momento de su creación. Casi tenía la sensación de que me estaban contando una historia, de que aquellas personas de piedra estaban intentando decirme algo.

—En la Edad Media, la mayoría del pueblo era analfabeto —continuó explicando la guía—, así que la decoración de las iglesias tenía una función educativa. La gente no sabía leer, y las esculturas les transmitían los mensajes religiosos más importantes. Por eso, la decoración del Pórtico de la Gloria se puede leer como si fuera un cómic.

La chica comenzó a explicar en qué consistía el mensaje del Pórtico de la Gloria, y tanto J. J. como Claudia y yo aprovechamos el momento para buscar la pista de las meigas.

No parecía estar en el Pórtico (donde, además, la habría visto todo el mundo), así que quizá estaba escondida cerca, **en alguno de los recovecos de la catedral**.

Nos separamos ligeramente del grupo y comenzamos a buscarla. Tenía el corazón acelerado y los nervios a flor de piel, pero no podíamos rendirnos tan fácilmente. No cuando habíamos llegado hasta allí. Sin embargo, ni siquiera sabíamos qué estábamos buscando. ¿Otro sobre? ¿Y si la guía nos sacaba de la catedral antes de que lo encontráramos? ¿Y si volvía a aparecer la Santa Compaña? No tenía muy claro si podían entrar en las iglesias. Esperaba que no.

—Son las once y cuarto —me dijo J. J., en voz baja, mientras la guía explicaba algo sobre el paso del románico al gótico.

Cuarenta y cinco minutos.

Solo nos quedaban cuarenta y cinco minutos.

¿Quizá había algún hueco en la pared que habíamos pasado por alto? ¿Una baldosa que podía levantarse? Por más que buscábamos no parecía haber nada, absolutamente nada.

—Aquí no está —les dije a Claudia y a J. J.

—Quizá nos hemos equivocado —respondió mi hermano.

—Hasta ahora todas las pistas las hemos encontrado en un sitio en el que no había nadie; aquí no estamos solos —añadió Claudia—. Puede que... puede que estas no sean las puertas del cielo.

Una mujer del grupo nos mandó callar con un gesto, y los tres le pedimos perdón en silencio. ¿Y si Claudia tenía razón? ¿Y si nos habíamos precipitado al dirigirnos al Pórtico de la Gloria? Era demasiado obvio, demasiado fácil, pero... ¿y si la pista estaba allí y había algo que se nos estaba escapando?

Al darme cuenta de que habíamos llegado a un callejón sin salida, empecé a ponerme nerviosa.

¿Cómo podíamos saber si estábamos en el lugar correcto?

La guía acababa de decir que las esculturas del Pórtico de la Gloria podían leerse como si fueran un cómic, pero yo no tenía ni idea de cómo hacerlo. Ni Claudia ni

J. J. ni yo teníamos la formación suficiente para interpretar mensajes religiosos medievales.

Entorné los ojos, reflexionando sobre ello, y entonces tomé una decisión.

—Yo tengo una pregunta —me aventuré a decirle a la guía.

El grupo entero se giró para mirarme; algunos con curiosidad, **otros algo molestos**. Claudia y J. J. lo hicieron con sorpresa.

—Claro —me dijo la chica—. ¿Qué duda tienes?

—¿El Pórtico de la Gloria tiene algo que ver con el cielo? Antes has dicho que las esculturas se pueden leer como si fueran un cómic, así que **¿alguno de esos capítulos tiene que ver con el cielo?**

Muchos de los presentes fruncieron el ceño, preguntándose en silencio a qué venía esa pregunta. Yo observé a la guía con interés esperando que resolviera nuestras dudas.

—Bueno, tiene algunas esculturas que son ángeles, pero no habla del cielo exactamente. Más bien explica el apocalipsis, uno de los pasajes bíblicos más interesantes que existen.

Una losa muy pesada cayó sobre mis hombros en cuanto escuché la respuesta. La pista de las meigas había sido una trampa; lo poco que nos habían dicho nos había dirigido hacia el Pórtico de la Gloria, cuando este no tenía nada que ver con el cielo. Y el tiempo se nos estaba acabando.

—Y, si tuvieras que relacionar una parte de esta catedral con el cielo, ¿cuál sería? —quiso saber Claudia.

La guía se rio, probablemente porque nunca le habían hecho una pregunta tan extraña, y después, aún con la sonrisa en los labios, nos dijo:

—Bueno, depende de si te refieres al cielo de Dios o al cielo terrenal.

—¿Qué quieres decir?

—La catedral entera está dedicada al cielo, así que no tendría sentido relacionar solo una parte del edificio con él. Sin embargo, si te refieres al cielo terrenal..., están las cubiertas.

—¿Las cubiertas?

—Así llamamos a los tejados de la catedral. Todos los días se hacen visitas guiadas, por si tenéis interés en verlos. Deberéis esperar a mañana, eso sí.

El corazón me dio un vuelco y no fui capaz de articular palabra. J. J. y Claudia tampoco.

¿Por qué no nos habíamos dado cuenta antes?

Las puertas del cielo a las que se referían las meigas

no eran una metáfora, y tampoco una escultura dedicada al cielo de Dios. Ni siquiera eran unas puertas, en realidad, sino un lugar que vigilaba la ciudad desde las alturas, un lugar entre el cielo y la tierra que resultaba perfecto para esconder la espada del apóstol.

Las puertas del cielo no eran, nada más y nada menos, que la parte más alta de la catedral.

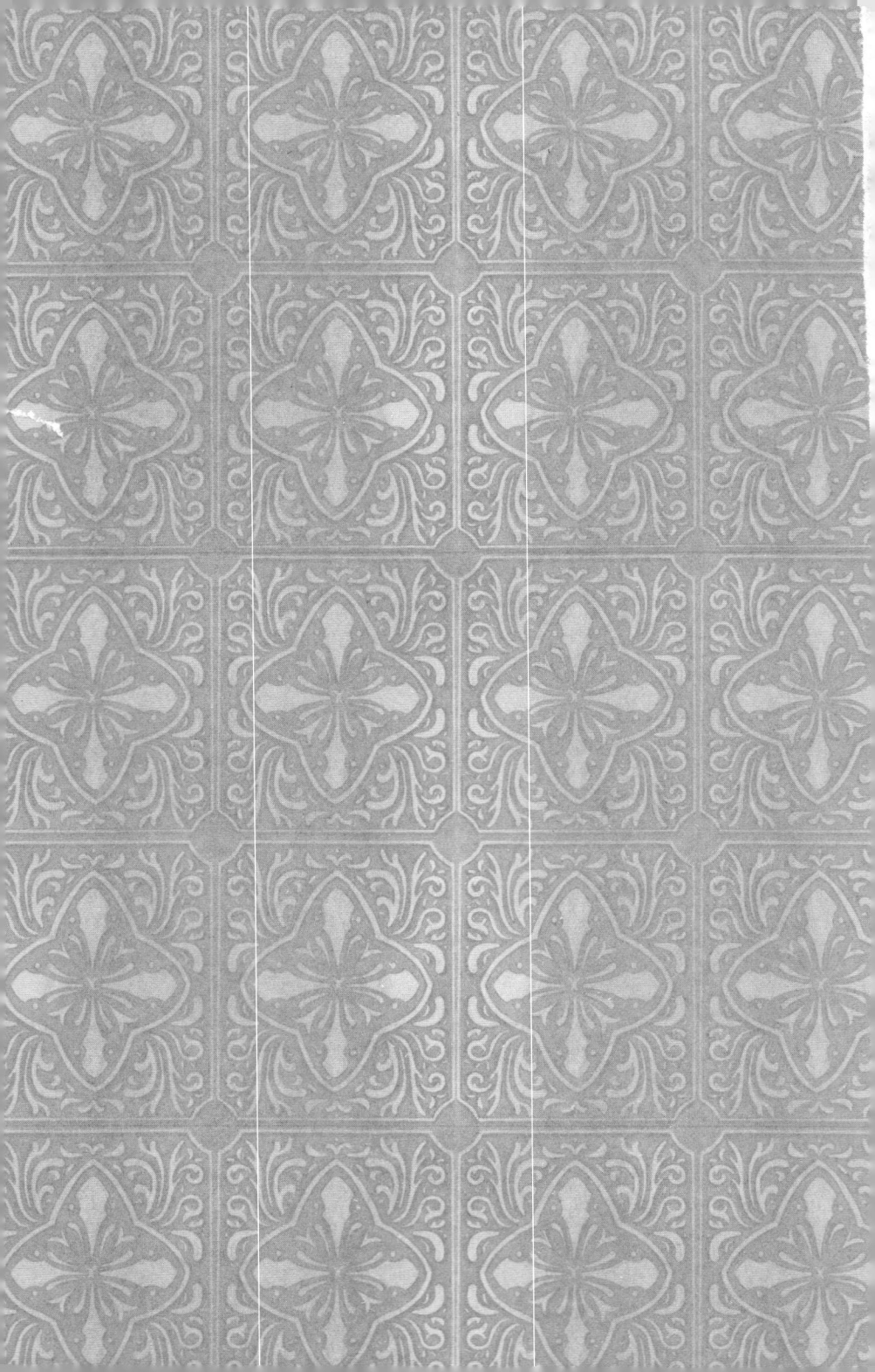

12

La guía continuó con la explicación y todos los presentes, como si no hubiéramos interrumpido la visita con nuestras preguntas, volvieron a centrarse en escucharla. Claudia, J. J. y yo aprovechamos el momento para abandonar el grupo con disimulo, alejándonos del Pórtico de la Gloria.

Nadie nos prestó atención.

—Tenemos que subir al tejado —dije en voz baja—. Seguro que el guarda de seguridad no tardará en venir a buscarnos.

—¿Te preocupa más el guarda que la Santa Compaña? —me preguntó mi hermano.

Los focos del interior de la catedral iluminaban sus altísimos muros, creando un bonito juego de luz y oscuridad sobre ellos. El oro del altar brillaba con mucha intensidad; las sombras acechaban en las esquinas y nos ayudaban a camuflarnos.

Sin duda, era uno de los edificios más bonitos que había visto en toda mi vida.

—La guía ha dicho que todos los días se hacen visitas guiadas a los tejados —susurró Claudia—. Eso significa que **hay una forma de subir**.

Caminamos por la catedral durante unos minutos esforzándonos por hacerlo siempre cerca de las paredes, ocultos bajo las sombras. Sabía que estábamos haciendo lo correcto, que solo queríamos encontrar la espada para protegerla y que nadie que no la mereciera pudiera hacerse con ella, pero aun así me sentía como una fugitiva, como una ladrona.

Si de repente llegaba la policía y nos preguntaba por qué nos habíamos colado en la catedral, ¿qué íbamos a decirles?

O, peor aún, ¿cómo íbamos a explicárselo a nuestros padres?

—Vale, lo tengo —dijo J. J. Había sacado su teléfono y estaba leyendo algo con interés—. Para llegar a los tejados hay que subir por la torre de la Carraca.

—¿Y eso qué es?

—No lo sé, es lo que pone en internet.

—Es una de las dos torres que se ven en la fachada de la catedral —nos explicó Claudia—. Una de ellas tiene campanas; la otra, una carraca.

—¿Y qué es una carraca?

—Un instrumento antiguo que hace un ruido muy seco y triste. La guía de mi padre dice que es de madera, pesa unos doscientos kilos y solo suena en Semana Santa. Mira.

Claudia me enseñó la guía de su padre (que, por culpa de la lluvia, no estaba en su mejor momento) y yo observé la foto de la carraca que aparecía en la página. Se encontraba en lo alto de una de las torres de la catedral y, tal y como había dicho Claudia, era de madera. Tenía forma de cruz y una manivela en el centro, así que supuse que no debía de ser difícil ponerla en funcionamiento.

—Según Google, el sonido de la carraca ahuyenta a los malos espíritus —añadió J. J.

—**Ojalá pudiéramos hacerla sonar para ahuyentar a la Santa Compaña** —dije.

Las campanas de la catedral comenzaron a sonar de nuevo, informándonos de que ya eran las once y media, así que teníamos que darnos prisa.

—Vale —musité, volviendo a centrarme en la misión

que teníamos por delante—. ¿Cómo lo hacemos para subir a la torre?

—Si tenemos en frente la plaza del Obradoiro —señaló Claudia mientras observaba el techo con los ojos entornados—, las torres estarán más o menos ahí. La de la Carraca es la que queda a nuestra derecha, así que tendríamos que seguir por aquí. Imagino que tendrán unas escaleras para subir, ¿no?

No nos quedaba más remedio que averiguarlo nosotros mismos.

Sin decir una palabra, comenzamos a caminar hacia el lugar en el que, suponíamos, estaba la base de la torre de la Carraca.

A pesar de que la catedral estaba en el más absoluto silencio, escuchábamos la voz de la guía a lo lejos. Sus palabras rebotaban contra las paredes, contra las altísimas columnas, y casi parecían molestar a los ángeles gigantes que protegían la tumba del apóstol Santiago.

Tras unos minutos de búsqueda, encontramos unas escaleras de piedra. Parecían antiguas y estaban en el lugar exacto que había indicado Claudia.

—Ahí —susurré—. Tiene que ser ahí.

Las escaleras estaban cerradas con un cordón de

seguridad del que colgaba un cartel que decía «No pasar», pero no nos costó nada apartarlo e ignorar la advertencia.

—Tengo una mala noticia —dijo Claudia cuando comenzamos a subir las escaleras.

—¿Cuál?

—Son ciento cuarenta escalones.

—¡¿Qué!? —exclamó J. J.

—¿Crees que te dolerá la rodilla? —me preguntó mi amiga.

Negué con la cabeza y comenzamos a subir.

Tuvimos que subir uno detrás de otro porque las escaleras eran muy estrechas, y también tuvimos que encender las linternas de los móviles para ver en la oscuridad.

Como yo iba la última, miraba constantemente hacia atrás para comprobar que nadie nos estuviese siguiendo.

—¿Por qué te paras? —le dije a J. J., que iba el primero, cuando se detuvo a mitad del camino. Tenía la respiración entrecortada y la cara cubierta de sudor—. Sigue subiendo.

—Necesito coger aire. Ya sabes que nunca... nunca se me han dado bien los deportes.

Eso es verdad.

No es solo que no se le den bien los deportes, sino que no le interesan lo más mínimo. Al contrario que Hugo, que adora las clases de Educación física, mi hermano las odia tanto como odio yo las de Matemáticas.

—¿Quieres un poco de agua, Manuela? —le preguntó Claudia.

Mi amiga se quitó la mochila de la espalda, sacó una botella de agua y se la dio a J. J.

—Gracias —musitó él.

—De nada. Sé que te caigo mal, pero esta noche somos un equipo.

Al escuchar las palabras de Claudia, J. J. estuvo a punto de atragantarse con el agua. De repente se puso muy rojo, un rojo que nada tenía que ver con el esfuerzo de subir escaleras, y yo tuve que contenerme para no soltar una carcajada.

—No... no me caes... —murmuró J. J.—. Bueno, eso.

—¿Qué?

—**Que no me caes mal, ¿vale?**

—Bueno, como eres un poco borde y a veces ni siquiera me miras, pensé que...

—Porque cuando mi hermana y tú estáis juntas sois un poco pesadas —le interrumpió él—. Y siempre estáis juntas.

—Bueno, tú tampoco eres la persona más agradable que conozco —le dije yo.

—¡Es que os pasáis todo el rato hablando del grupo coreano ese!

—¡Eh! —exclamó Claudia—. ¡Ni se te ocurra meterte con KIM!

—Jaime Jones, si dices algo malo de Du Min Kyu, dejarás de ser mi hermano al instante.

Los tres nos miramos y, por primera vez en toda la noche, nos reímos. Por un instante se nos olvidó dónde estábamos y también para qué, porque solo existimos los tres gracias al vínculo que habíamos forjado con aquella inesperada aventura.

Seguíamos estando tensos y, por supuesto, seguíamos teniendo miedo, pero en aquel momento todo parecía más fácil.

Sin embargo, cuando sonaron las campanas de la catedral, la paz y la tranquilidad se esfumaron de golpe. Eran las doce menos cuarto.

—Tenemos que seguir —dije.

Claudia y J. J. asintieron y, un instante después, continuamos subiendo. Teníamos **solo quince minutos** para encontrar la espada, pero, si era un lugar turístico, no estaría a la vista. ¿Dónde la habrían escondido las meigas?

En cuanto llegamos al final, me puse muy nerviosa. Frente a nosotros había una puerta de madera. Era antigua, probablemente tanto como la misma catedral, y, a pesar de que tenía un enorme cerrojo dorado, estaba abierta.

Aunque había otro tramo de escaleras, **enseguida nos dimos cuenta de que llevaba hasta lo alto de**

la torre, al lugar en el que se encontraba la carraca, y ese no era nuestro destino.

—Es ahí —musité, observando la puerta—. ¿Estáis preparados?

—No —respondió J. J.—. La verdad es que no.

—Estamos juntos en esto, ¿vale? —dijo Claudia—. Pase lo que pase, no lo olvidéis.

Y, sin pararnos a pensarlo mucho más, salimos a los tejados de la catedral.

13

Un rayo iluminó el cielo en cuanto atravesamos la puerta. Seguía lloviendo muchísimo y la tormenta golpeaba con una fuerza asombrosa los tejados de la catedral.

Estábamos muy por encima del suelo y los edificios de la ciudad de Santiago se extendían ante nosotros convertidos en un mar de luces y chimeneas. Las torres de la catedral nos observaban de cerca, tan cerca que, si nos fijábamos bien, podíamos apreciar todos los detalles de su decoración.

—Es el apóstol Santiago —nos explicó Claudia cuando miramos hacia la escultura que estaba colocada entre las dos torres—. Lleva los símbolos del peregrino. El sombrero con la vieira, el bordón...

—Como la sombra de la plaza de Quintana —dijo J. J.

Aunque a nosotros nos daba la espalda, había visto la escultura del apóstol desde la plaza del Obradoiro y sabía que la vigilaba y que era la parte más importante de la fachada de la catedral.

¿Sería una pista?

¿Nos estaría indicando algo?

—Vamos a buscar la espada.

—¿De verdad crees que está aquí? —me preguntó mi hermano—. Esto son... Esto son unos simples tejados. Aquí no hay ningún sitio donde esconder una espada, Manuela.

A pesar de que sabía que J. J. tenía razón y de que aquellas cubiertas no eran el lugar ideal para esconder una espada, **no pensaba rendirme**.

Comencé a caminar por los tejados buscando una nueva pista de las meigas, y tanto J. J. como Claudia me siguieron. El suelo estaba inclinado y la lluvia nos complicaba el avance, así que debíamos tener cuidado. Había almenas de piedra que impedían que nos estrelláramos contra el suelo, pero no me apetecía rodar tejado abajo.

¿Sabéis esa escena en la que Indiana Jones tiene que correr delante de una piedra gigante que rueda para no morir aplastado?

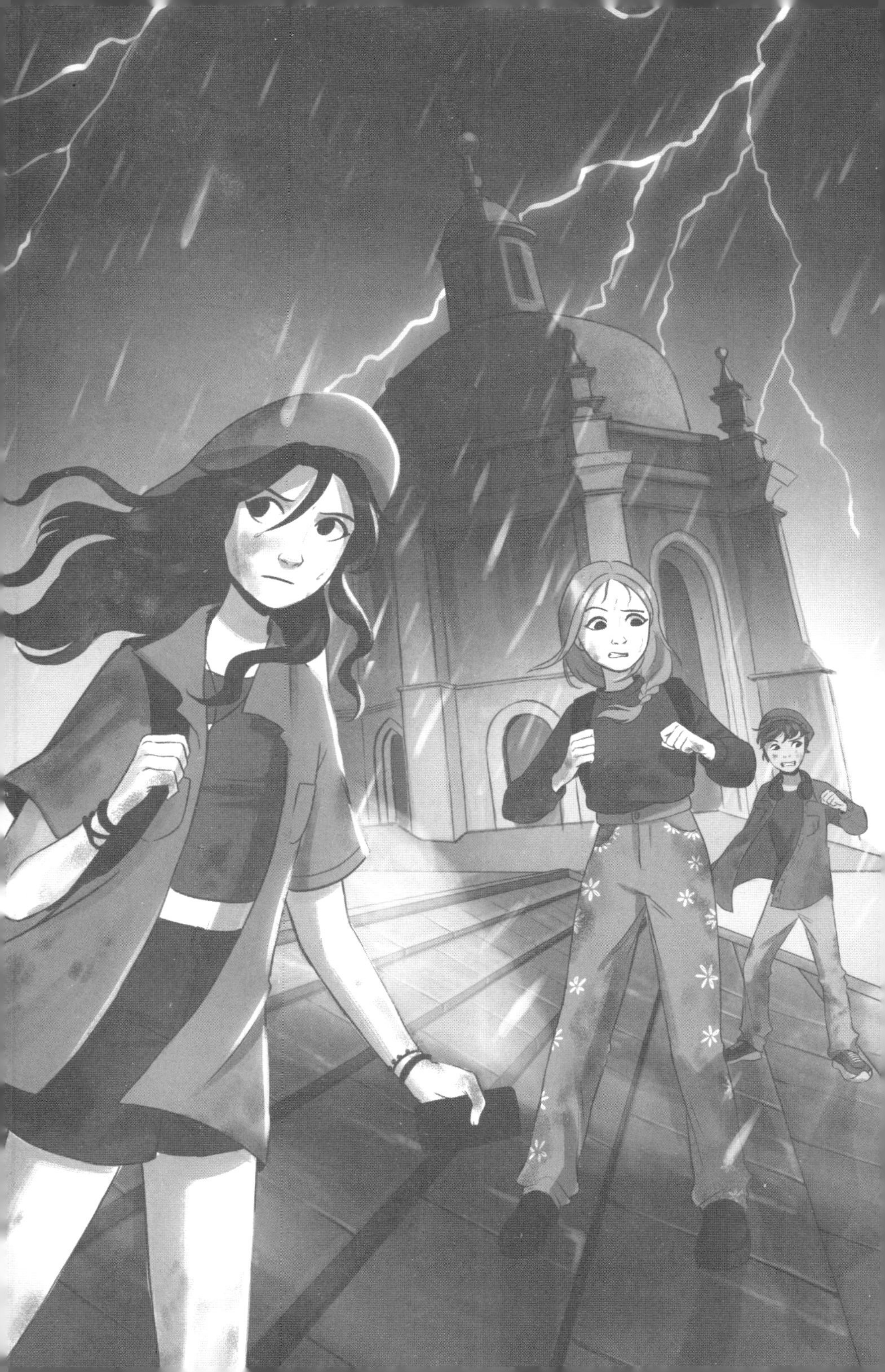

Bueno, pues si se hubiera tropezado habría hecho el mismo ridículo que yo si me hubiese caído en ese momento. **Y no estaba dispuesta a pasar esa vergüenza.**

—Guau —exclamó J. J. cuando llegamos al final del tejado y nos apoyamos contra los merlones del muro de seguridad—. Hay que reconocer que las vistas son increíbles.

—¿Vas a grabar un vídeo para tus seguidores? —me burlé.

—Qué va, porque saldrías tú y, en cuanto te vieran, estoy seguro de que todos me dejarían de seguir. No quiero asustarlos.

Le saqué la lengua, y mi hermano sonrió con satisfacción.

A pesar de la tormenta, la ciudad de Santiago estaba tranquila, dormida, ajena a nuestra búsqueda. En algún lugar, escondida entre sus calles milenarias, se encontraba la espada del apóstol. Y yo pensaba encontrarla.

—La carta de las meigas decía que a medianoche sonarían las campanas sagradas de la catedral y que la luz revelaría el escondite de la espada —recordé—. Quizá solo tengamos que esperar.

—Estamos en las puertas del cielo —dijo Claudia—. Y quedan solo diez minutos para la medianoche.

—Pues esperemos —indicó J. J.

Me apoyé en uno de los merlones y observé la oscuridad de la noche.

¿Esa era la última prueba?

¿Esperar y ya está?

No es que quisiera que nos lo pusieran difícil, pero me había imaginado algo más espectacular.

Me giré para mirar a Claudia y a mi hermano cuando, de pronto, lo noté.

El olor a cera.

El tintineo de las campanas.

Mi estómago se encogió de puro miedo e, instintivamente, me di la vuelta.

Entonces los vi.

Los doce espíritus de la Santa Compaña estaban allí, justo detrás de nosotros, con los rostros tapados por sus capuchas negras y las velas que no se apagaban entre las manos.

—Habéis sido muy osados como para atreveros a buscar la espada —dijo uno de ellos. Su voz de ultratumba me provocó un escalofrío en todo el cuerpo—, pero el juego se ha acabado.

¿Qué podíamos hacer?

Estábamos completamente rodeados, muy lejos del suelo. Luchar contra ellos tampoco era una opción, porque ya habíamos visto lo que podían provocarnos con un solo roce.

Aquellos espíritus no necesitaban armas para acabar con nosotros, porque su piel podía arrebatarnos nuestra mortalidad.

Lo único que podía hacer era asegurarme de que J. J. y Claudia no sufrieran ningún daño.

—Dejad que mi mejor amiga y mi hermano se vayan de aquí —les pedí a los espíritus—. Cogedme solo a mí, soy la culpable de todo esto. Yo soy la única que quiere la espada.

—¡Manuela! —exclamó Claudia.

—No digas estupideces —añadió J. J.

Los espíritus dieron un paso al frente, asfixiándonos un poco más con su imponente presencia, y uno de ellos respondió:

—Tres habéis sido los que habéis empezado esta búsqueda, tres seréis los que la terminaréis.

Un trueno retumbó en el cielo y Claudia, asustada, me agarró la mano. Con la otra tomó la de J. J.

Los tres juntos miramos a los espíritus, pregun-

tándonos si aquel era el final, si era así como se acabaría todo.

Me habría gustado despedirme de mis padres. Me habría gustado convertirme en la aventurera más famosa de todos los tiempos. Me habría gustado encontrar la espada.

Miré hacia arriba para pedirle perdón al apóstol Santiago por haberle fallado y, en ese momento, **me di cuenta de algo**.

La estatua que se encontraba entre las torres de la catedral estaba brillando. Emitía un brillo muy leve, un brillo casi imperceptible, pero lo suficientemente fuerte como para luchar contra la oscuridad. Casi parecía una estrella en mitad de la noche, la misma estrella que, en el siglo IX, había mostrado el lugar en el que estaba enterrado el apóstol Santiago, la misma estrella que se había convertido en un símbolo de la ciudad y que incluso le había dado el nombre de «Compostela».

Eso solo podía significar una cosa: la espada estaba ahí, dentro de la estatua.

Ese era su escondite.

¿Cómo podía rendirme cuando estábamos tan cerca? La situación era complicada, sí, pero Indiana Jones también había estado en apuros en alguna ocasión (¡hasta mis padres lo habían estado!) y nunca se había rendido.

Yo tampoco podía hacerlo.

Llevar el viejo sombrero de mi padre significaba claramente una cosa: era una Jones, y los Jones no se rinden tan fácilmente.

—Separaos —les susurré a Claudia y a J. J.

—¿Qué? —me preguntó mi amiga.

—Corred cada uno hacia un lado. Despistémoslos.

—Pero...

El corazón me latía como un tambor dentro del pecho. Casi no podía respirar. Sin embargo, esa era la única salida que teníamos, nuestra única posibilidad de escapar.

—¡Ahora! —grité.

Y, justo en ese momento, los espíritus se abalanzaron sobre nosotros.

14

En cuanto nos separamos, los espíritus nos siguieron. Yo corrí hacia la izquierda; Claudia y J. J., hacia la derecha.

Teníamos que despistarlos, confundirlos para poder llegar hasta la espada.

Y solamente quedaban cinco minutos para la medianoche.

Mientras corría, los espíritus aparecían y desaparecían a mi alrededor, transportándose con la luz de los rayos que iluminaban el cielo. Cuando intentaban cogerme con sus manos cadavéricas, yo aprovechaba el agua del suelo para derrapar y esquivarlos. Estaba nerviosa y me costaba respirar, como si ellos fueran un depredador y yo su presa, pero no pensaba dejarme atrapar.

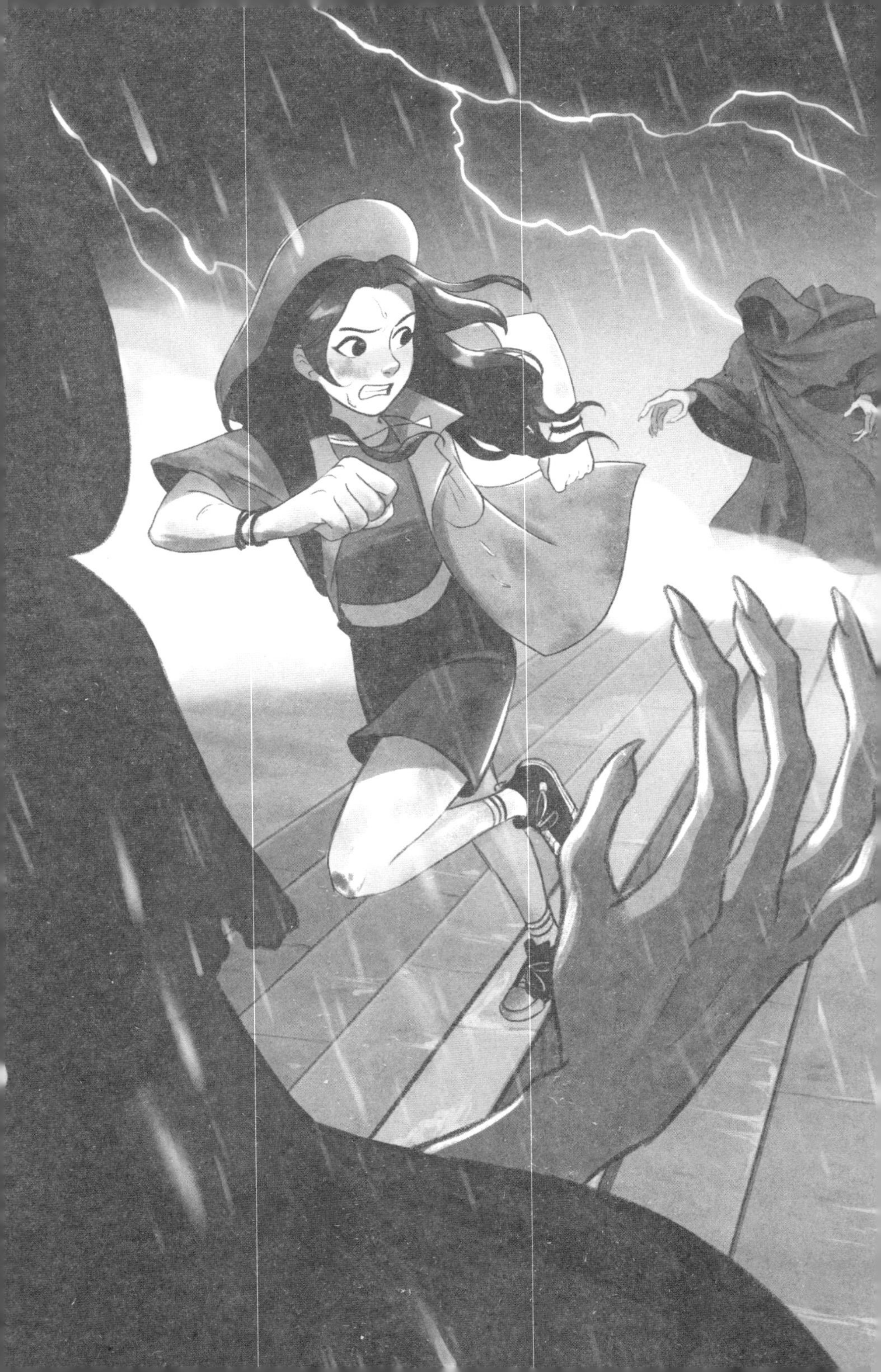

—No tienes escapatoria —me dijo uno de ellos, bloqueándome el paso, justo cuando resonó otro trueno.

Di un salto hacia la derecha y me dejé caer por la pendiente de uno de los tejados. Me dolía la rodilla, pero solo podía pensar en la espada.

¿Cómo podíamos llegar hasta la estatua del apóstol?

¡¿Cómo?!

Estaba tan concentrada en la huida, en pensar un plan, que cuando oí el grito de mi hermano me sobresalté y me caí al suelo.

—¡Ayuda! —exclamó.

Me puse en pie al instante, sin preocuparme siquiera de si me había hecho daño, y lo busqué con la mirada. Uno de los espíritus lo había agarrado por la espalda sujetándole el cuello con un brazo. Con la mano que le quedaba libre sostenía la vela, cuya llama estaba peligrosamente cerca del rostro de J. J.

Una chispa de rabia prendió en mi pecho, y rápidamente se convirtió en un incendio. Mi hermano estaba atrapado y, si el espectro lo seguía tocando, le robaría su mortalidad.

No podía permitirlo.

Di un paso hacia él, pero, justo en ese momento,

Claudia se abalanzó sobre el espíritu, subiéndose a su espalda de un salto, y comenzó a forcejear con él. Con cada sacudida, el osito sin nombre de su mochila parecía a punto de salir volando. A los pocos segundos, el espectro soltó a J. J. Mientras intentaba deshacerse de Claudia, mi amiga le tiró de la mano y le hizo soltar la vela, cuya llama se apagó al instante.

Entonces, el espectro desapareció. Claudia cayó al suelo con una túnica vacía entre las manos justo cuando un rayo iluminó el cielo.

¿Y si lo único que teníamos que hacer era apagar las velas? ¿Y si esa era la forma de vencerlos? Quizá esa pequeña llama era lo único que los mantenía conectados con el mundo de los vivos.

Quizá ese era su punto débil.

J. J. ayudó a Claudia a levantarse y ella, que aún parecía asustada por lo que acababa de pasar, lo abrazó. Sonreí, mirándolos desde la distancia, y uno de los espíritus aprovechó el momento de distracción para agarrarme la muñeca.

—¡No! —grité—. ¡Suéltame!

Pero sus dedos congelados me apretaron con mucha fuerza, y yo sentí un frío inhumano que me quemaba la piel.

—¡Manuela! —exclamó Claudia a lo lejos.

El espectro tiró de mí, acercándome más a él, y, por primera vez en toda la noche, pude ver lo que los miembros de la Santa Compaña escondían bajo la capucha: una cara consumida por las sombras, unos ojos oscuros como pozos sin fondo; el rostro de la muerte.

—¡Claudia! —grité, intentando escapar de la mano congelada del espíritu—. ¡J. J.!

Pero no había ni rastro de ellos. Era como si, al igual que le había pasado al espíritu hacía apenas unos minutos, se hubieran desvanecido.

—**Habéis llegado demasiado lejos** —sentenció mi captor.

Me revolví, intentando zafarme de él, pero me fue imposible liberarme. Sus dedos estaban tan fríos que me quemaban la piel. No podía huir y ni siquiera podía alcanzar su vela para apagarla.

Claudia y J. J. habían desaparecido, y me sentía más sola que nunca.

Aquello era el final.

Lo sabía.

De repente empecé a perder fuerzas, como si el espectro me las estuviera quitando, y mis piernas comenzaron a temblar. Tenía frío, mucho frío, y las gotas de lluvia se me clavaban como agujas. La espada del apóstol estaba muy cerca, pero a la vez la notaba más lejos que nunca.

—**Despídete de tu mortalidad** —me ordenó el espectro.

Cerré los ojos, dejándome llevar..., y entonces lo oí. Era un sonido seco y triste, como unos golpes de madera que buscaban despertar a la ciudad entera.

Y enseguida me di cuenta de lo que era: la carraca.

—No —gruñó el espectro—. No, no, no. ¡Ese sonido no!

El espíritu me soltó y, como si estuviera sufriendo un tormento inimaginable, se tapó los oídos. Los que nos rodeaban hicieron lo mismo. La carraca siguió sonando y yo recordé lo que había dicho J. J. en la catedral: «Según Google, **el sonido de la carraca ahuyenta a los malos espíritus**».

Aunque aún me notaba sin fuerzas, alcé la cabeza y observé la parte más alta de la torre, el lugar en el que se encontraba la carraca.

Todo estaba muy oscuro, pero aun así distinguí dos figuras que la estaban haciendo sonar, dos figuras que habían arriesgado sus vidas para salvarme: Claudia y J. J.

Los espíritus que había a mi alrededor habían caído

de rodillas al suelo y estaban tapándose los oídos, sufriendo un tormento inimaginable.

Por primera vez en toda la noche no me dieron miedo, sino lástima.

—No os saldréis... **No os saldréis con la vuestra** —se lamentó uno de ellos.

Un instante después, se desvanecieron. Sus túnicas vacías quedaron tiradas en el suelo, pero el intenso olor a cera que desprendían las velas se quedó allí, flotando en el aire.

—¡Manuela! —me llamó J. J. desde lo alto de la torre en cuanto cesó el sonido de la carraca—. Dinos, ¿estás bien?

A pesar de que los espectros habían desaparecido, seguía estando congelada. Todo el cuerpo me temblaba, y el frío de los dedos del espíritu se me estaba clavando como si se hubiera convertido en trozos afilados de cristal.

—¡Sí! —mentí—. ¿Y vosotros?

Pero no pude escuchar su respuesta porque, justo en ese momento, las campanas de la catedral comenzaron a repicar.

Ya era medianoche.

Observé la estatua del apóstol, que comenzó a brillar con mucha fuerza, y tuve que ponerme la mano como visera para que el resplandor no me cegara.

Era una luz muy cálida, tan cálida que enseguida comenzó a derretir el frío que se me había quedado dentro.

A los pocos segundos, ya ni siquiera estaba temblando.

«**A medianoche sonarán las campanas sagradas de la catedral, y la luz revelará el escondite de la espada**», decía la carta de las meigas.

Quise decirles a Claudia y a J. J. que bajaran conmigo, que teníamos que encontrar una forma de llegar hasta la espada, pero no pude hacerlo.

De pronto me quedé sin fuerzas y caí al suelo.

Cuando perdí el conocimiento, todo a mi alrededor se volvió negro.

15

Abrí los ojos de golpe, algo asustada, como si acabara de despertarme de una pesadilla. El corazón me latía con fuerza y me dolía todo el cuerpo.

¿Cuántas horas llevaba durmiendo?

No lo sabía, pero ya había amanecido.

Estaba en la habitación del hotel, cómoda y calentita bajo las mantas. Los rayos de sol entraban cálidos por la ventana, y Nefertiti estaba tumbada a los pies de mi cama.

Me incorporé, algo confusa, y observé la habitación. Claudia estaba dormida en la cama de al lado, y J. J. estaba en el sofá.

¿Cómo habíamos llegado hasta allí? No recordaba haber vuelto al hotel y tampoco haberme puesto el pijama. Ni siquiera tenía recuerdos de haberme duchado, pero ya no había restos de barro en el pelo. ¿Y si había sido un sueño?

Me toqué la muñeca derecha, la muñeca que el espíritu de la Santa Compaña me había quemado, pero no había ni rastro de la herida que me había dejado. Mi piel estaba lisa, impoluta. Sana. ¿Cómo era posible? Aún recordaba el frío que me habían provocado **sus dedos congelados**, el miedo que me había paralizado cuando le había visto la cara.

—¿Manuela? —me llamó Claudia.

—Estoy despierta.

Mi amiga estiró los brazos y, tras desperezarse, se incorporó también. Nefertiti, que no quería perderse ni una sola palabra de nuestra conversación, se acercó hasta mí y se tumbó sobre mis piernas. Cuando me miró con ojos suplicantes, supe que quería que la acariciara. Y yo no pude negarme.

—¿Qué ha pasado? —me preguntó Claudia—. ¿Cómo... Cómo hemos llegado hasta aquí?

—No lo sé —le dije, hundiendo las manos en el pelaje blanco de Nefertiti.

—Estábamos en los tejados de la catedral —recordó ella—. Cuando sonaron las campanas de medianoche, la luz nos cegó. No recuerdo nada después de eso.

—Yo tampoco. Y nuestras heridas se han curado.

Claudia se miró la muñeca y, al ver que tampoco tenía marcas en la piel, abrió los ojos con sorpresa.

—No puede ser —susurró.

Me levanté de la cama y, tras recibir un bufido furioso por parte de la gata, me acerqué hasta la ventana. Como el hotel se encontraba justo en la plaza del Obradoiro, desde la habitación podíamos ver la catedral. Había dejado de llover y el cielo estaba azul. Muy muy azul. Casi parecía que la ciudad estaba contenta, que la tormenta de la noche no había sido más que una pesadilla.

—¿Qué pasó con los espíritus de la Santa Compaña? —me preguntó Claudia.

Nefertiti se había cambiado de cama y ahora estaba con ella, disfrutando de que la mimaran.

—Se desvanecieron —le respondí—. Por increíble que parezca... desaparecieron **sin más**.

—Lo que ocurrió anoche no se lo podemos contar a nadie.

—No —susurré—. Desde luego que no.

Observé la fachada de la catedral y, aunque estaba lejos, me fijé en la escultura del apóstol. Sabía que la espada estaba ahí, escondida bajo la piedra desde hacía siglos. Sin embargo, al contrario que la noche anterior, ya no quería hacerme con ella. Habría estado bien conseguirla, llevarla al museo para protegerla, pero, tras la aventura que habíamos vivido, había comprendido que su lugar era Santiago, que arrebatársela a la ciudad habría sido como dejarla sin corazón.

Quizá era eso lo que las meigas querían que aprendiéramos. Quizá, aunque pensáramos que habíamos fracasado, en realidad no lo habíamos hecho.

—La espada está dentro de la escultura del apóstol —dije sin apartar la vista de la fachada de la catedral—. Estuvo delante de nuestras narices todo el tiempo.

—Guardaremos el secreto. No hay mejor forma de protegerla, ¿no crees?

Asentí y, sintiéndome afortunada de saber un secreto tan valioso, me di la vuelta para mirar a Claudia.

—**¿Cómo se os ocurrió subir a tocar la carraca?** —le pregunté—. Había olvidado completamente lo de que su sonido ahuyentaba a los malos espíritus.

—Se me ocurrió a mí —dijo J. J.

Mi hermano, que también se acababa de despertar, cruzó la habitación y se acercó hasta nosotras. Tenía el pelo revuelto y, aunque estaba sonriendo, al ver a Claudia dejó de hacerlo.

Enseguida apartó la mirada, probablemente avergonzado de que mi amiga lo estuviera viendo en pijama, y, para cuando se sentó en mi cama, ya tenía las mejillas rojas.

—Es verdad —confirmó Claudia—. La idea fue suya.

Me senté junto a mi hermano y, sin poder contenerme, lo abracé.

—Eh, ¿qué haces?

—Gracias —le dije—. Gracias a los dos. No sé qué haría sin vosotros.

Claudia se levantó de la cama y, sin decir nada, se acercó y nos abrazó también. Durante unos segundos permanecimos así, juntos, agradecidos de haber sobrevivido a la extraña aventura que habíamos vivido la noche anterior.

—Me estáis asfixiando —se quejó J. J.

Claudia y yo nos reímos, pero no lo soltamos. No habíamos conseguido la espada, pero nos teníamos los unos a los otros. Y eso era el tesoro más valioso del mundo.

Cuando bajamos a desayunar, mis padres ya estaban en el restaurante. Aún era temprano, pero los dos parecían contentos y emocionados. Después de largos meses de trabajo, la exposición que habían organizado iba a abrirse al público.

—Va a ser un éxito —nos aseguró mi madre cuando nos sentamos con ellos.

—Las entradas para la primera semana están todas agotadas —añadió eufórico mi padre—. **¡Ya no queda ni una!**

—Espero que pongáis todo eso en vuestro trabajo de Lengua.

Al recordar el trabajo de Lengua, miré a J. J. con los ojos muy abiertos. Con todo lo que había pasado, lo había olvidado por completo.

—Lo pondremos —dije.

En la mesa, junto al café de mis padres, había un plato lleno de churros. El camarero no tardó en traernos tres tazas de chocolate, y los tres comenzamos a comer a la vez.

—Tenéis hambre, ¿eh? —nos preguntó mi padre.

Ninguno de los tres respondió hasta que nos comimos un par de churros y volvimos a tener el estómago lleno. No me había dado cuenta de que estaba muerta de hambre.

—¿Cómo fue la fiesta anoche? —les preguntó Claudia a nuestros padres.

—Aburrida —se apresuró a responder mi padre—. Tremendamente aburrida.

—Había un hombre que no paraba de repetir que era el arqueólogo más importante del mundo y que algún día encontraría la ciudad perdida de Atlantis. ¡Por favor! Todo el mundo sabe que esa ciudad es un mito.

—Además —añadió mi padre—, la arqueóloga más importante del mundo **siempre vas a ser tú**, cariño.

Mi madre sonrió y, como agradecimiento, le dio un

beso a mi padre. J. J. fingió una arcada, pero yo me quedé pensando en la ciudad perdida de Atlantis, en si de verdad sería un mito. Nunca había creído en esa leyenda, pero, si la espada del apóstol también había resultado ser una realidad..., ¿qué otros misterios estarían ahí fuera, ocultos a los ojos de los mortales?

—¿Y vosotros? —quiso saber mi madre—. ¿Habéis dormido bien?

Cogí otro churro y asentí con la cabeza, volviendo de golpe a la realidad.

—Hemos dormido del tirón —le respondí—. Ni una sola interrupción en toda la noche.

—Pues habéis tenido suerte. Al parecer, unos gamberros se colaron en la catedral e hicieron sonar la carraca de la torre a medianoche. ¿Os lo podéis creer?

—Qué raro —respondió J. J. Disimular siempre se le había dado mucho mejor que a mí—. Yo lo único que escuché fueron los ronquidos de Manuela.

—¡Oye!

—Es verdad. ¡Pensaba que había un oso en la habitación de al lado!

Le lancé un trozo de churro a la cabeza y él me sacó la lengua. Claudia se rio y nuestros padres nos riñeron.

—¡Manuela! ¡Jaime! ¡Parad ya!

—¡Mamá! ¡No me llames así!

Habíamos sobrevivido a la aventura de Santiago y, si seguíamos disimulando así de bien, nuestros padres no nos castigarían.

No, al menos hasta la siguiente aventura.

16

Tal y como mis padres esperaban, la exposición fue todo un éxito.

En su inauguración, la cola para entrar daba la vuelta al edificio. «Los misterios del Camino» fue toda una revolución en la ciudad de Santiago, y nadie quería quedarse sin la oportunidad de ver las piezas que el Museo Arqueológico había llevado hasta allí.

—La gente parece muy contenta —comenté.

Claudia, J. J. y yo nos encontrábamos en una de las salas de la exposición, justo delante de una de las columnas de San Paio de Antealtares.

Según la cartela que la acompañaba, el hombre barbudo que estaba esculpido en la piedra, el que llevaba un libro entre las manos, era el mismísimo apóstol Santiago. Por eso mis padres habían elegido esa pieza

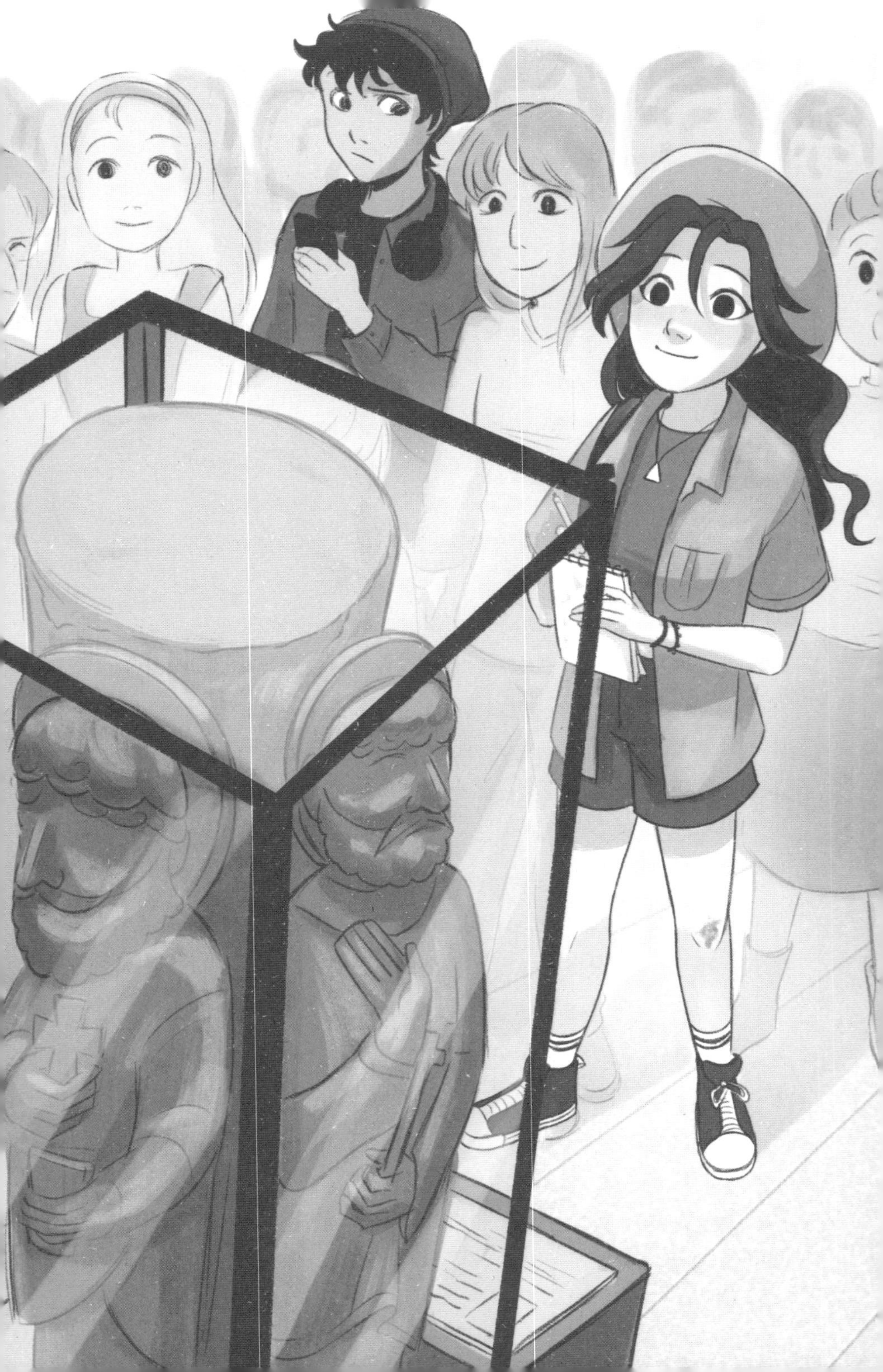

como símbolo de la exposición, y por eso los visitantes esperaban durante horas solo para verla de cerca. De hecho, mientras lo hacíamos, había por lo menos veinte personas haciéndole fotos mientras nos presionaban en silencio para que nos apartáramos.

—Es una exposición muy guay —dijo Claudia.

—Hay demasiada gente —se quejó J. J.

Observé los rostros de las personas que nos rodeaban fijándome sobre todo en sus sonrisas, en la ilusión de sus ojos. Había hombres y mujeres, ancianos y hasta niños.

Todos parecían ilusionados, deseosos de conocer más sobre la historia del Camino de Santiago, y eso me hizo sonreír. Quizá mis padres ya no vivían aventuras, y quizá no podían llevarnos a montar a caballo ni a Atenas a pasar el día, **pero lo que hacían era muy muy importante**.

Gracias a mis padres, los tesoros de la antigüedad estaban a salvo, y todos podíamos conocer un poco mejor nuestro pasado.

Volví a mirar el rostro de piedra del apóstol Santiago y escribí un par de frases en el cuaderno que llevaba. Habíamos redactado todo lo que habían hecho nuestros padres para hacer realidad aquella exposición (desde cómo se les había ocurrido la idea hasta su apertura, pasando por las negociaciones y el traslado de las piezas) y el trabajo de Lengua estaba casi terminado. La exposición «Los misterios del Camino» estaba abierta (¡y llena de gente!), y yo me sentía orgullosa. Seguía adorando las aventuras, pero en aquel viaje también había aprendido que, a veces, proteger los tesoros de la antigüedad no solo significaba obtenerlos, también cuidarlos y estudiarlos.

Es más, **a veces también significaba guardar secretos**.

—Ya he redactado el trabajo —le dije a mi hermano—. Que sepas que te va a tocar a ti pasarlo a limpio y preparar el PowerPoint.

—Vale, pero vámonos ya —me respondió él—. Esto está empezando a llenarse.

Nos despedimos de la columna de San Paio en silencio y, esquivando a la gente que abarrotaba la sala, salimos a la calle.

La exposición estaba dentro del Pazo de Xelmírez, el edificio anexo a la Catedral de Santiago, así que salimos directamente a la plaza del Obradoiro. Como aquella mañana no estaba lloviendo, había muchos más peregrinos y turistas que el día anterior. Hasta el gaitero había decidido regresar a su sitio para llenar las calles con su música.

—Papá y mamá dijeron que se reunirían con nosotros a la hora de comer —dijo J. J.—. Así que tenemos un par de horas por delante.

—¿Qué os apetece hacer? —pregunté.

Claudia sacó la guía de su padre que llevaba en la mochila. La lluvia de la noche anterior la había dejado con las páginas húmedas y dobladas, así que esperaba que la tirara a la basura en cuanto llegáramos a Madrid.

—No, nada de guías —solté.

Mi amiga puso los ojos en blanco y volvió a guardarla. Cuando cerró la mochila, tanto J. J. como yo nos fijamos en el oso sin nombre que colgaba de la cremallera, el oso que nos había acompañado en aquella aventura.

Al igual que nosotros, el peluche había amanecido limpio, sin una pizca de barro.

No encontrábamos ninguna explicación lógica a lo que había pasado, así que los tres habíamos decidido dejar de intentarlo.

Santiago de Compostela era una ciudad llena de misterios, y durante unas horas nosotros habíamos sido parte de ellos. Era mucho más interesante recordar la ciudad así, sin explicaciones, sin respuestas.

—¿Y si vamos a comernos unas **patatas fritas**? —propuso Claudia—. Podemos cogerlas e ir al parque de la Alameda. Hay un mirador muy chulo desde el que se ve la catedral, podemos hacernos fotos allí.

Tanto J. J. como yo estuvimos de acuerdo (aunque a mí me había convencido solo con las patatas fritas) y comenzamos a caminar. Al principio lo hicimos sin decir nada, como si quisiéramos rendirle a la ciudad un silencioso homenaje, pero a los pocos minutos le pregunté a Claudia:

—Vas a seguir sin ponerle nombre al oso, ¿verdad?

—Hasta que encuentre uno que realmente me guste, sí.

—A mí se me ha ocurrido uno —dijo J. J.

Claudia lo miró con interés; yo me reí. En todos los años que llevábamos siendo amigas, a Claudia nunca le habían gustado los nombres que había propuesto para su oso. Habían sido muchos, muchísimos, pero ninguno le había llegado a convencer. Casi parecía que, en el fondo, quería que ese oso permaneciera sin nombre para siempre.

—¿Qué nombre? —le preguntó.

—**Peregrino.**

Abrí la boca para decirle a mi hermano que era un buen nombre, pero que aun así estaba segura de que a Claudia no le iba a gustar, cuando mi amiga exclamó:

—¡Me encanta!

—¡¿Qué?!

J. J. apartó la mirada y sus mejillas se pusieron tan rojas como el gorro de lana que llevaba esa mañana.

—¿De verdad te gusta? —le pregunté a mi amiga.

—¡Sí! Así siempre me acordaré de la aventura que vivimos juntos en Santiago. ¡Oso sin nombre, yo te bautizo como Peregrino!

Claudia nos cogió a ambos del brazo y así, juntos y sonrientes, continuamos caminando.

—¡Adiós, Santiago! —exclamó mi amiga—. ¡Echaremos de menos tus tartas de almendras y tus tortillas de patata!

—Aunque no a tus espíritus malditos —añadió J. J.

Antes de abandonar la plaza del Obradoiro, sin embargo, me giré para mirar la catedral por última vez. No sabía cuándo volvería a verla, así que quería recordar todos sus detalles, su belleza y su inmensidad.

Sin embargo, mis ojos fueron directos a un lugar muy distinto. En el centro de la plaza, mirándome fijamente, estaba la meiga que nos había metido en aquella aventura.

La meiga que no aparecía en los vídeos.

Al igual que el día anterior, iba vestida completamente de negro, con el pelo canoso recogido en un moño y el rostro lleno de arrugas.

En cuanto mis ojos se encontraron con los suyos, sonrió. Sentí un escalofrío.

—Es ella —dije.

—¿Qué?

—La meiga. Está ahí.

La sonrisa de la mujer se hizo más amplia, y de alguna forma sentí que era una despedida. Ella había cumplido su misión, y nosotros habíamos cumplido la nuestra.

Aquella aparición no era más que su forma de decirnos adiós.

Sin embargo, cuando J. J. y Claudia se giraron para mirarla, ya había desaparecido.

17

Mientras J. J. hablaba, todos nuestros compañeros nos miraban. Claudia estaba en primera fila, junto a Laura, y de vez en cuando levantaba los pulgares para darme ánimos. La profesora de Lengua, sentada en su mesa, tomaba notas de todo lo que decíamos. ¿Por qué me ponía tan nerviosa cuando tenía que exponer un trabajo? Había sobrevivido a muchas aventuras peligrosas (la última incluso incluía espíritus malditos), así que mis compañeros no tenían por qué ser un problema. Sin embargo, lo eran.

Hugo me miraba desde la última fila y, aunque de vez en cuando se entretenía observando por la ventana, parecía estar prestándome atención. Ese día se había puesto un jersey del mismo azul que sus ojos y estaba muy guapo, demasiado guapo. Eso impedía que me concentrara.

—Por eso, podemos decir que nuestros padres trabajan resucitando a los muertos —dijo J. J.

Me olvidé de Hugo de golpe y me giré para mirar a J. J. **¿Cómo que resucitar a los muertos?** No estaría contando nada de lo que había ocurrido en Santiago, ¿verdad? En el PowerPoint de la pantalla que estaba tras él solo había una foto del cartel de la exposición temporal de nuestros padres, ni rastro de la Santa Compaña.

—Es una idea muy interesante, Jaime —dijo la profesora.

Mi hermano arrugó la nariz al escuchar su nombre real, pero enseguida se recompuso y continuó hablando:

—Bueno, es que son capaces de devolverles la vida a las piezas históricas del museo. De alguna forma eso es lo que consiguen con las exposiciones temporales, ¿no?

—Por supuesto —comentó la profesora—. ¿Algo que añadir, Manuela?

Tragué saliva al darme cuenta de que los ojos de todos mis compañeros estaban clavados en mí, que todo lo que habíamos hecho en las últimas semanas podía no haber servido para nada si hacíamos mal aquella exposición. ¿Y si decía alguna tontería? ¿Y si me trababa y Hugo se reía de mí? Prefería volver a Santiago a resolver los acertijos de las meigas antes que tener que enfrentarme a algo así.

Sin embargo, no podía quedarme callada.

—Solo que... que estoy muy orgullosa del trabajo de mis padres —respondí—. Sin ellos, sin lo que hacen en el museo, el pasado sería un misterio para nosotros. Está muy bien ser un arqueólogo famoso y vivir mil aventuras, pero también defender los tesoros históricos y permitir que todo el mundo los conozca. Si algo he aprendido con este trabajo es que, mientras los Jones existan, siempre habrá alguien que defienda el patrimonio histórico. Y no hay ningún trabajo que sea tan guay como ese.

Aunque no fui capaz de levantar la vista mientras hablaba, tuve que hacerlo cuando mis compañeros empezaron a aplaudir. Claudia fue la primera en hacerlo, y después lo hicieron Laura y Hugo y todos los demás. **Lo habíamos conseguido.** Habíamos sobrevivido a la aventura en Santiago y habíamos expuesto el trabajo de Lengua. No me lo podía creer. ¡Éramos libres!

—Muchas gracias, chicos —dijo la profesora—. Bueno, ¿quién es el siguiente?

Mi hermano y yo nos sentamos en nuestra mesa cuando Cristina y Mateo, dos de nuestros compañeros, salieron a la pizarra. Aún me temblaban un poco las piernas, pero sabía que no tardaría en tranquilizarme. Lo peor ya había pasado.

—Enhorabuena, lo has hecho muy bien —me susurró mi hermano.

—Gracias, champiñón, tú también. Al principio pensaba que no ibas a dignarte a hacer nada, pero al final tanto tu PowerPoint como tu exposición van a salvarnos la nota.

—Tienes que confiar un poco más en mí, caracastor.

Justo en ese momento, Claudia se dio la vuelta y, con una enorme sonrisa en el rostro, susurró: «¡Enhorabuena! ¡Lo habéis hecho genial!».

Yo le devolví la sonrisa y, cuando mi amiga volvió a mirar al frente, me acerqué a mi hermano y le dije en voz baja:

—¿Te has dado cuenta de que Claudia no ha dejado de mirarte durante toda la exposición? **Creo que la has impresionado.**

—Cállate.

—En serio, creo que, después del viaje a Santiago, te ve de otra forma.

—Pues yo a ella la veo como siempre, ¿vale? Como a una pesada.

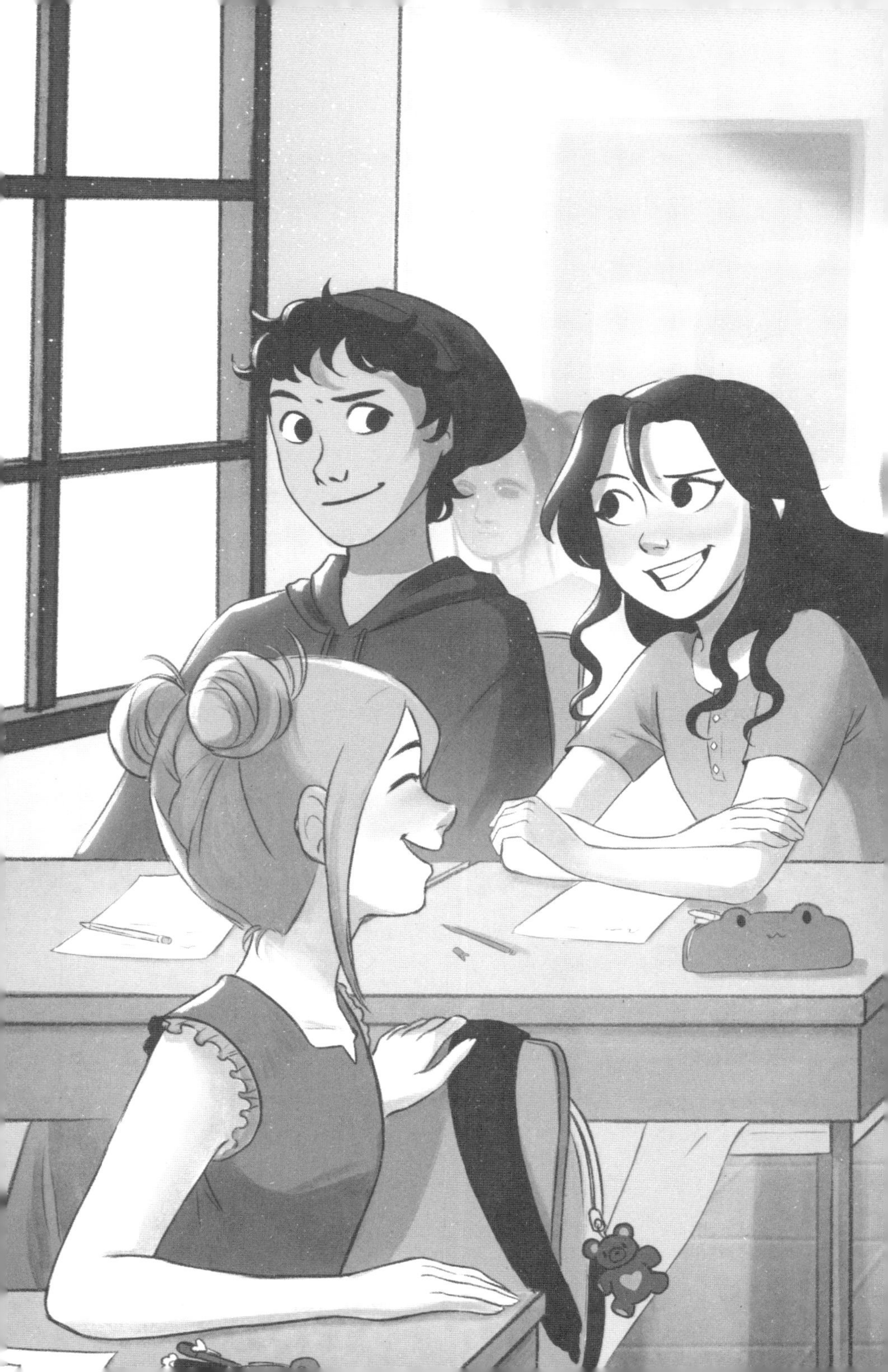

—Pero si hasta le pusiste nombre a su...

—Manuela, shhh.

J. J. sacó su teléfono (la señal inequívoca de que, para él, la conversación se había acabado) y, aprovechando que la profesora no lo miraba, comenzó a responder mensajes en sus redes.

Yo me crucé de brazos y, frustrada, los apoyé sobre la mesa. Después de todo lo que habíamos vivido juntos, ¿pensaba volver a ser como antes? **No es que me hubiera emocionado con la idea de que J. J., Claudia y yo fuéramos a ser amigos, pero... Bueno, en realidad sí me había emocionado.**

Solo un poco.

—Pues que sepas que no voy a querer vivir más aventuras contigo —le susurré—. A la próxima, iremos Claudia y yo solas.

—Eso era lo que quería oír.

Puse los ojos en blanco e, intentando fingir que no me molestaba que me ignorara, me centré en la exposición de mis compañeros.

No tenía ni idea de si viviríamos otra aventura ni de si volveríamos a enfrentarnos a peligros desconocidos, pero sí sabía una cosa: mi familia nunca dejaría de ser mi familia.

Ninguno de nosotros dejaría de luchar jamás por proteger los tesoros de la antigüedad y, aunque en ocasiones nos pusiéramos de los nervios, nos queríamos por encima de todo.

A fin de cuentas, así éramos los Jones.

Y, aunque a veces no tenía muy claro si eso era bueno o era malo, me hizo sonreír.

EL CUADERNO DE VIAJE DE MANUELA JONES

¡Hola de nuevo!

¡Espero que hayas disfrutado resolviendo conmigo el misterio de la espada de Santiago! Hemos aprendido tantas cosas... ¡Siento que me he convertido en una experta! Pero nadie sabe más de misterios que Myriam Seco, profesora, arqueóloga y egiptóloga expertísima, que ha tenido el detalle de responder algunas preguntas sobre su emocionante trabajo.

Manuela

ENTREVISTA A MYRIAM SECO

¿Nos puedes hablar de tu experiencia en trabajos arqueológicos de campo?

He trabajado en muchos yacimientos, tanto en tierra como en mar, **con profesionales de todo el mundo**. Una de mis primeras experiencias de campo fue en el desierto de Egipto, cerca de la ciudad de El Cairo y sus pirámides.

Más tarde trabajé en las excavaciones del Faro de Alejandría, una de las siete maravillas del mundo. Allí encontramos columnas, estatuas colosales, obeliscos y parte de la antigua ciudad de Alejandría sumergida en el mar. En otra ocasión, trabajé en el mar Rojo, donde excavamos un pecio (un pedazo de una nave hundida) y pudimos recuperar un cargamento de porcelana china que transportaba el barco. **Han sido experiencias muy diversas y todas muy enriquecedoras.**

¿Qué nos puedes explicar sobre la información que aporta cada tipo de material arqueológico?

Cualquier **material arqueológico**, por pequeño que sea, aporta información del yacimiento en el que se encuentra. Por ejemplo, la cerámica nos permite conocer la fecha de lo que estamos excavando. La forma de una vasija o la pasta que la compone nos ayudan a datar y conocer su procedencia de manera muy precisa. Los restos de huesos de animales nos informan sobre qué comía la gente, y un fragmento de papiro nos puede dar pistas sobre qué tipo de rituales llevaban a cabo.

Cada material aporta algo de información. Por eso es tan importante que se lleve a cabo **un trabajo de documentación detallado en cualquier excavación**.

¿Puedes hablarnos sobre algún proyecto arqueológico en el que hayas trabajado y que haya sido particularmente desafiante?

El trabajo en el yacimiento del templo de **Tutmosis III**, uno de los faraones más importantes de Egipto, que inicié en el año 2008 y que aún seguimos excavando, está siendo todo un reto.

Para obtener la mayor cantidad de información posible hemos reunido un equipo de profesionales **muy variado**. Aparte de contar con arqueólogos y egiptólogos, también necesitamos la ayuda de epigrafistas (interpretan inscripciones), topógrafos (expertos en mapas y planos), dibujantes, médicos o antropólogos. Con el tiempo que llevamos excavando ahí, hemos descubierto otras tumbas debajo y alrededor del tempo de Tutmosis III, muchas de ellas de épocas diferentes.

Tener que trabajar con información tan variada es **todo un reto**, pero extremadamente emocionante.

¿Cómo compaginas la divulgación y la docencia con tu trabajo como arqueóloga?

Cuando puedo ausentarme del trabajo de campo asisto a conferencias como ponente, escribo artículos o doy charlas en colegios.

Además, procuro estar activa en **redes sociales**, donde informo de los últimos descubrimientos en los yacimientos en los que trabajo. También he participado en **documentales** para televisión, e incluso en películas. En una de ellas recorrimos todo el Nilo Azul en *rafting*, desde el lago Tana en Etiopía hasta el mar Mediterráneo.

EL APÓSTOL SANTIAGO

Santiago fue uno de los doce apóstoles de Jesús. Su misión consistía en transmitir la fe en Cristo por el mundo.

En uno de sus múltiples viajes tuvo la oportunidad de conocer **Hispania** (el nombre que se le daba hace mucho tiempo a España y Portugal). Cuando falleció en Jerusalén algunos años después, sus dos discípulos, Atanasio y Teodoro, atravesaron el mar Mediterráneo y costearon el Atlántico en una barca hasta llegar a Galicia. Allí, en una pequeña localidad llamada Iria Flavia (actualmente Padrón), enterraron a su maestro.

☆★☆

Tiempo después, en el siglo IX, el rey Alfonso II, al saberlo, hizo construir una iglesia que terminaría siendo la Catedral de Santiago y trasladar ahí los restos del apóstol y de sus discípulos.

EL CAMINO DE SANTIAGO

La Catedral de Santiago es uno de los monumentos arquitectónicos más importantes del mundo, por su belleza, pero también por ser el lugar de sepultura de un apóstol de Cristo, Santiago.

Para la fe cristiana, todos los que habían estado en contacto directo con Jesús tenían un poder especial. Ya en época medieval empezaron a llegar a Galicia peregrinos de todo el mundo para visitar la tumba del apóstol.

Con el paso de los siglos, el peregrinaje hasta Santiago cobró una gran fama y surgieron muchas variantes del Camino: el Camino Francés, el Camino del Norte, el Camino de la Plata y el Camino Portugués, entre otros.

Hoy en día miles de peregrinos recorren cientos de kilómetros a pie, cargados con mochilas y ayudados por bordones, con el objetivo de llegar a la catedral.

¿Y por qué peregrinaban?

En origen, el peregrinaje tenía un **valor penitencial**, es decir, los peregrinos prometían completar un camino generalmente largo con el objetivo de que sus pecados fueran perdonados. Muchos de ellos viajaban desde Europa y se dirigían al oeste, hacia lo que ellos consideraban el fin del mundo, pues se creía que en esa dirección viajaban las almas de los difuntos.

¿Y por qué al oeste? Esta creencia nace en Egipto. Uno de los aspectos más importantes de la religión egipcia se basaba en el **ciclo solar**. El lugar de los vivos se encontraba al este, por donde sale el sol, y el de los muertos al oeste, donde se pone el sol para dar paso a la noche.

¿Piratas en Galicia?

Las reliquias de la tumba de Santiago no han estado siempre a salvo. Entre los siglos IX y XIII los vikingos saquearon las costas gallegas con sus naves en busca de tesoros, e incluso llegaron a asediar Santiago de Compostela.

Más tarde, en el siglo XVI, los piratas ingleses amenazaron con robar las reliquias y llevárselas a Inglaterra. El más famoso y bravucón de todos ellos fue Francis Drake, que atacó La Coruña en el año 1589 y que fue derrotado por el propio pueblo.

Ante tantas **amenazas de robo**, los canónigos de la catedral decidieron esconder las reliquias para protegerlas de los piratas. Sin embargo, nunca dejaron por escrito dónde las habían escondido, por lo que se extraviaron **durante casi trescientos años** hasta que, tras buscarlas, aparecieron en una pequeña capilla que hay detrás del altar mayor de la catedral.

MIRIAM MOSQUERA (Madrid, 1991) estudió Historia en la Universidad Complutense de Madrid y se especializó en numismática andalusí. Hoy en día realiza visitas guiadas en el Museo Arqueológico Nacional, además de trabajar como documentalista en una editorial, lo que le permite combinar sus tres pasiones: la historia, la escritura y los libros.

MYRIAM SECO ÁLVAREZ es profesora del Departamento de Prehistoria y Arqueología de la Universidad de Sevilla y arqueóloga con una dilatada experiencia de campo en excavaciones en Oriente Próximo. Actualmente dirige el proyecto de excavación y puesta en valor del templo del faraón Tutmosis III en Luxor (Egipto).

No te pierdas la próxima aventura de MANUELA JONES

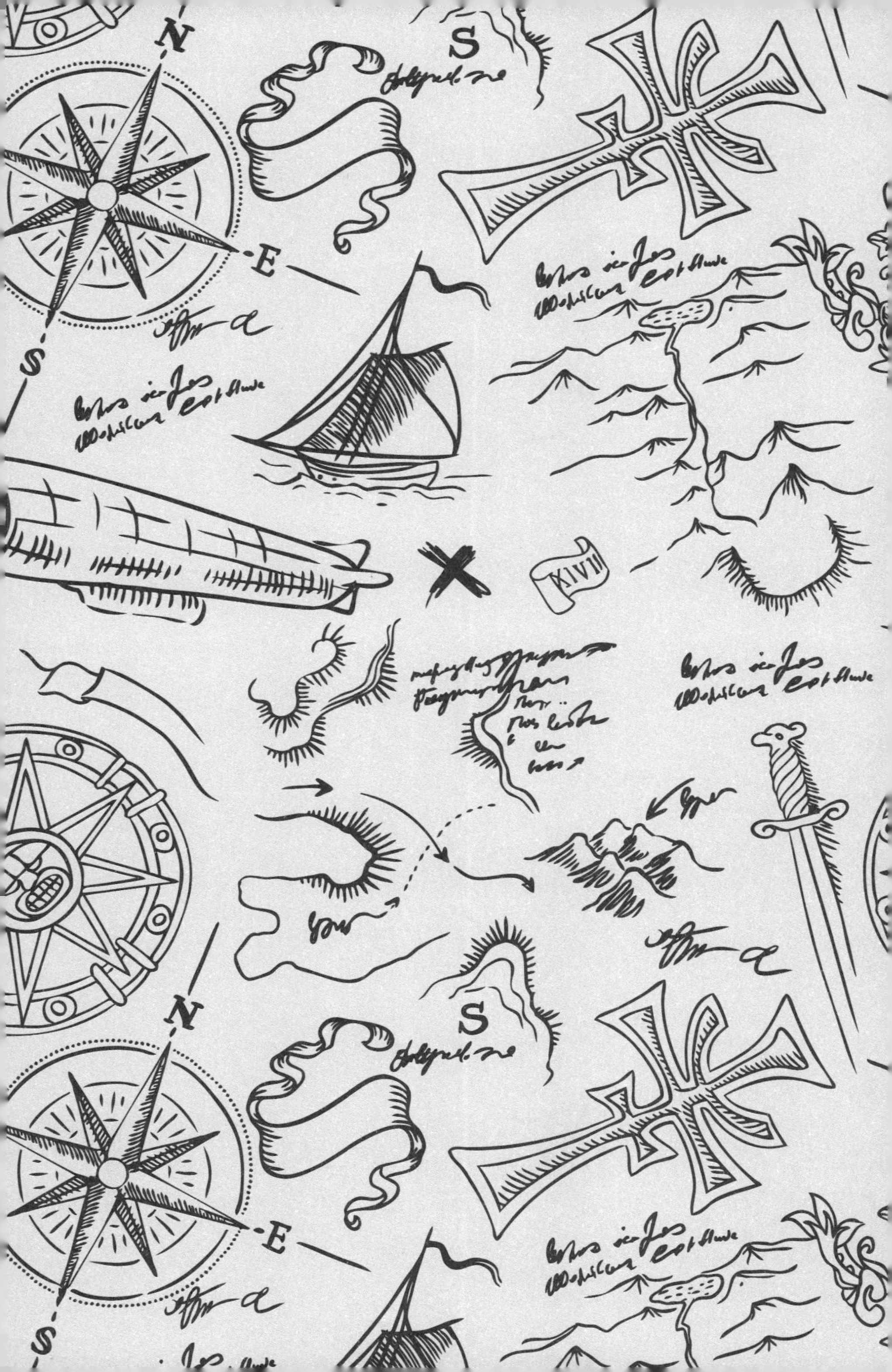
N
S
E

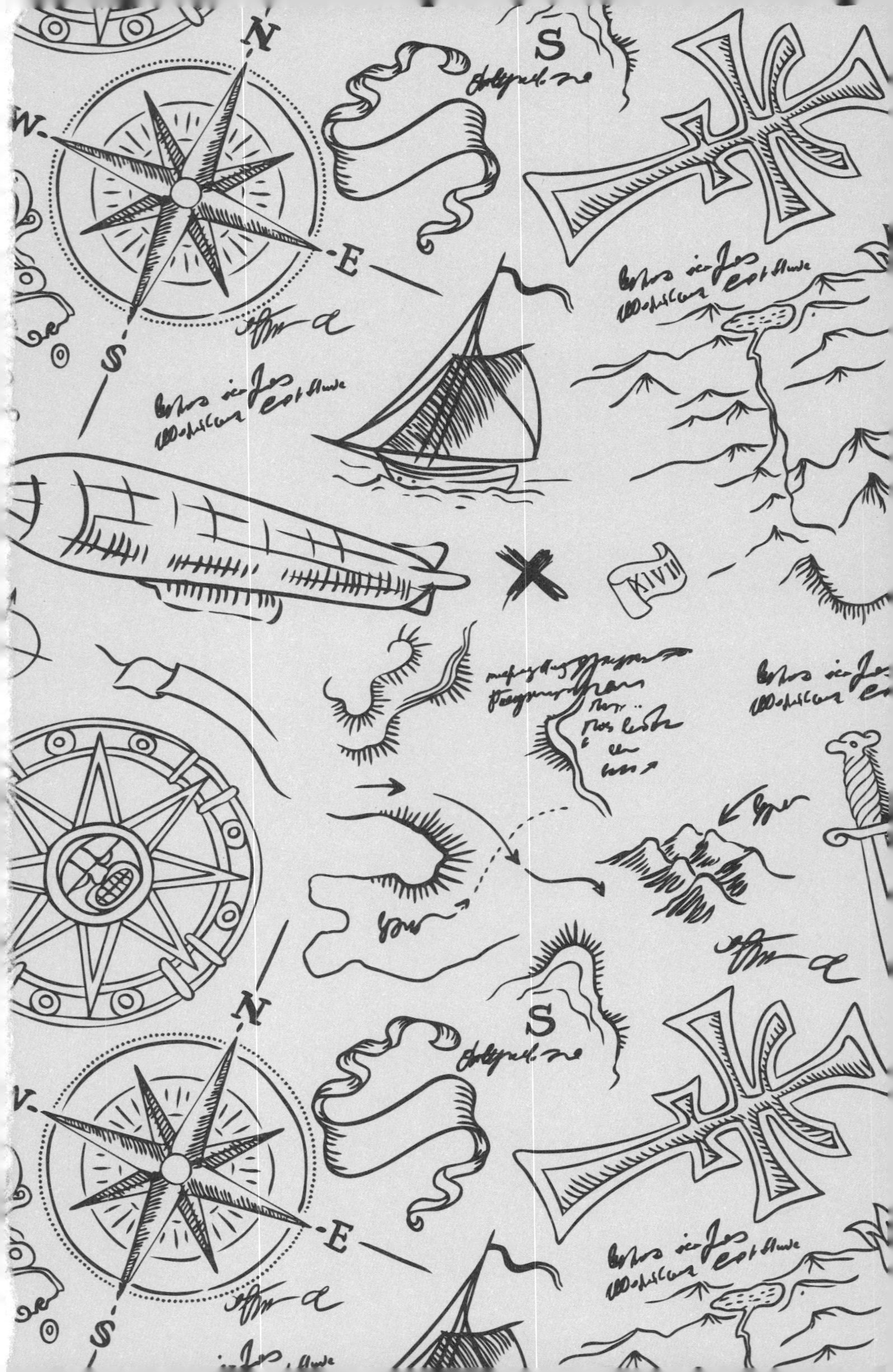
N
W
E
S
XVII